英子的乡恋

林海音 著

人民文学出版社
PEOPLE'S LITERATURE PUBLISHING HOUSE
本书由台北九歌出版社授权出版

著作权合同登记号：01-2012-7145

图书在版编目(CIP)数据

英子的乡恋/林海音著.—北京：人民文学出版社，2016
ISBN 978-7-02-011599-0

Ⅰ.①英… Ⅱ.①林… Ⅲ.①散文集-中国-当代
Ⅳ.①I267

中国版本图书馆 CIP 数据核字(2016)第 090292 号

责任编辑：徐广琴
特约策划：陶媛媛
装帧设计：汪佳诗

出版发行 人民文学出版社
社　　址 北京市朝内大街 166 号
邮政编码 100705
网　　址 http://www.rw-cn.com

印　　制 山东临沂新华印刷物流集团
经　　销 全国新华书店等

字　　数 195 千字
开　　本 890×1240 毫米 1/32
印　　张 7.75
版　　次 2013 年 4 月北京第 1 版
印　　次 2016 年 7 月第 1 次印刷

书　　号 978-7-02-011599-0
定　　价 39.00 元

辑二　英子的乡恋

辑三　文坛行走

辑一　平凡之家

书桌

窥探我家的“后窗”,是用不着望远镜的。过路的人只要稍微把头一歪,后窗里的一切,便可以一览无遗。而最先看到的,便是临窗这张触目惊心的书桌!

提起这张书桌,很使我不舒服,因为在我行使主妇职权的范围内,它竟属例外!许久以来,他每天早上挟起黑皮包要上班前,就不会忘记对我下这么一道令!

“我的书桌可不许动!”

这句话说久了真像一句格言,我们随时随地都要以这句“格言”为警惕。

对正在擦桌抹椅的阿彩,我说:“先生的书桌可不许动!”

对正在寻笔找墨的孩子们,我说:“爸爸的书桌可不许动!”

就连刚会单字发音的老四都知道，爬上了书桌前的藤椅，立刻拍拍自己的小屁股，嘴里发出很干脆的一个字："打！"跟着便赶快自动地爬下来。

但是看一看他的书桌在继续保持"不许动"之下，变成了怎样的情形！

书桌上的一切，本是代表他的生活的全部；包括物质的与精神的。他仰仗它，得以养家活口；他仰仗它，达到写读之乐。但我真不知道当他要写或读的时候，是要怎样刨开桌面上的一片荒芜，好给自己展开一块耕耘之地？忘记盖盖的墨水瓶、和老鼠共食的花生米、剔断的牙签、眼药水瓶、眼镜盒、手电筒、回纹针、废笔头……散漫地布满在灰尘朦胧的"玻璃垫上"！另外再有便是东一堆书，西一叠报，无数张的剪报夹在无数册的书本里。字典里是纸片，地图里也是纸片。这一切都亟待整理，但是他说："不许动！"

不许动，使我想起来一个笑话：一个被汽车撞伤的行人呻吟路中，大家主张赶快送医院救治，但是他的家属却说："不许动！我们要保持现场等着警察来。"不错，我们每天便是以"保持现场等着警察来"的心情看着这张书桌，任其脏乱！

窗明几净表示这家有一个勤快的主妇；何况我尚有"好妻子"的衔称，想到这儿，我简直有点儿冒火儿，他使我的美誉蒙受污辱，我决定要彻底地清理一下这书桌，我不能再等警察了。

要想把这张混乱的书桌清理出来，并不简单，我一面勘察现场，一面运用我的智慧。怎样使它达到清洁、整齐、美观、实用的地步呢？因为除了清洁以外，势必还得把桌面上的东西分门别类地整理一下，使其各就各位，然后才能有随手取用的便利，这一点是要着重考虑的。

我首先把牙签盒送到餐桌上，眼药瓶送回医药箱，眼镜盒应当摆进抽屉里，手电筒是压在枕头底下的，这是第一步。第二步就轮到那些书报了，应当怎么样使它们各就其位呢？我又想起一个故事：据说好莱坞有一位附庸风雅的明星，她买了许多名贵的书籍，排列在书架上，竟是以书皮的颜色分类的，多事的记者便把这件事传出去了。但是我想我还不至于浅薄如此，就凭我在图书馆的那几年编目的经验，对于杜威的十进分类法倒还有两手儿。可是就这张书桌上的文化，也值得我小题大做地把杜威抬出来么？

待我思索了一会儿以后，决定把这书桌上的文化分成三大类，我先把书本分中、西、高、矮排列起来，整齐多了。至于报纸，留下最近两天的，剩下的都跟酱油瓶子一块儿卖出去了，叫卖新闻纸酒矸的老头儿来的也正是时候。

这样一来，书桌上立刻面目一新，玻璃垫经过一番抹擦，光可鉴人，这时连后窗都显得亮些，玻璃垫下压着的全家福也重见天日，照片上的男主人似对我微笑，感谢贤妻这一早上的辛劳。

他如时而归。仍是老规矩，推车、取下黑皮包、脱鞋、进屋，奔向书桌。

我以轻松愉快的心情等待着。

有一会儿了，屋里没有声音。这对我并不稀奇，我了解做了丈夫的男人，一点残余的男性优越感尚在作祟，男人一旦结婚，立刻对妻子收敛起赞扬的口气，一切都透着应该的神气，但内心总还是……想到这儿，我的嘴角不觉微微一掀，笑了，我像原谅一个小孩子一样地原谅他了。

但是这时一张铁青的瘦脸孔，忽然来到我的面前：

“报呢?”

“报？啊，最近两天的都在书桌左上方。旧的刚卖了，今天的价钱还不错，一块四一斤，还是台斤。”

“我是说——剪报呢?”口气有点儿不对。

“剪报，喏，”我把纸夹递给他，“这比你散夹在书报里方便多了。”

“但是，我现在怎么有时间在这一大叠里找出我所要用的?”

“我可以先替你找呀！要关于哪类的？亚盟停开的消息？亚洲排球赛输给人家的消息？还是关于西德独立？或者越南的?”我正计划着有时间把剪报全部贴起来分类保存，资料室的工作我也干过。

但是他气哼哼地把书一本本地抽出来，这本翻翻，那本翻翻，一面对我沉着脸说：“我不是说过我的书桌不许动吗？我这个人做事最有条理，什么东西放在什么地方，都是有一定规矩的，现在，全乱了!”

世间有些事情很难说出它们的正或反；有人认为臭豆腐的实际味道香美无比，有人却说玉兰花闻久了有厕所味儿！正像关于书桌怎样才算整齐这件事，我和他便有臭豆腐和玉兰花的两种不同看法。

虽然如此，我并没有停止收拾书桌的工作，事实将是最好的证明，我认为。

但是在两天后他却给我提出新的证明来，这一天他狂笑地捧着一本书，送到我面前，“看看这一段，原来别人也跟我有同感，事实是最好的证明！哈哈哈!”他的笑声快要冲破天花板。

在一篇题名《人人愿意自己是别人》的文章里，他拿红笔勾出了其中的一段：

一个认真的女仆，决不甘心只做别人吩咐于她的工作。她有一份过剩的精力，她想成为一个家务上的改革者。于是她跑到主人的书桌前，给它来一次彻底的革新，她按照自己的主意把纸片收拾干净。当这位倒霉的主人回家时，发现他亲切的杂乱，已被改为荒谬的条理了……

有人以为——这下子你完全失败了，放弃对他的书桌彻底改革的那种决心吧!

但人们的这种揣测并不可靠，要知道，我们的结合绝非偶然，是经过了三年的彼此认识，才决定“交换饰物”的！我终于在箱底找出了“事实的更好的证明”——在一束陈旧的信札中，我打开最后的一封，这是一个男人在结束他的单身生活前夕，给他的“女朋友”的最后一封信，我也把其中的一段用红笔重重地勾出来：

> 从明天起，你就是这个家的主宰，你有权改革这家中的一切，而使它产生一番新气象。我一向紊乱的书桌，也将由你勤勉的双手整理得井井有条，使我读于斯，写于斯，时时都会因有你这样一位妻子，而感觉到幸福与骄傲……

我把它压在全家福的旁边。

结果呢？——性急的读者总喜欢打听结果，他们急于想知道现在书桌的情况，是“亲切的杂乱”呢？还是“荒谬的条理”？关于这张书桌，我不打算再加以说明了，但我不妨说的是，当他看到自己早年的爱情的诺言后，用罕有的、温和的口气在我耳旁悄声地说：“算你赢，还不行吗？”

一九五五年五月

小林的伞

今天早晨细雨濛濛,他待要出门,打开这柄被称为“小林”的伞,发现伞骨离开伞轴,再也不能“支持”了。他绷着一张铁青的脸望着我。

“又是孩子们玩坏了我的伞?”我因为最怕看他那副嘴脸,所以只管低头伏在书桌上,用笔在空白稿纸上乱涂着,随口漫应:“不知道。”“不知道?”我知道他对于我的答复已怒不可遏,竟气哼哼地出门而去。

讲到小林的伞。就得从我们的恋爱讲起。在我们的恋爱史上,伞是我们爱情的插曲。

最初,他有一把相当考究的黑绸伞,是他的哥哥从法国留学归来赠给他的“剩余物资”之一,其他包括一个网球拍、一个熨衣板、一件浴衣，和几张巴黎裸女画片。他常常带着这把伞来找我，我的淘气妹妹们也常常惊奇又玩笑地说："带伞干嘛？"他便会指着天上一片小小的乌云，正正经经地说道："恐怕会下雨！"但是去过北平的人都知道，雨伞和雨衣并不太需要，因为在大雨倾盆的时候，根本就要停止行动，而北平又难得下一次毛毛雨的。他那种伞，在我的印象里，只有"多雾伦敦"的英国人才常常举着的。常常是这样，临到我们要出门，偏偏天不作美，一块乌云遮住阳光，他便要戴上近视眼镜到院子里，向天空的西北角上望之不已，然后回到屋里来，慎重其事地从屋角取出这把黑绸伞，和我的手提包放在一起，免得忘记一同带去。唉！我们时常看完一场电影，出来一看，竟是阳光普照！我们三个：他、伞和我，便手挽手又手挽伞，别别扭扭地走成一字排，在阳光之下散步于王府井。最糟糕的是在电影院里，它挤在我们俩座位中间，动辄得咎，碰过来碰过去都是那把又弯又长的大伞柄在作祟！

有一次，又碰到阴霾满布的天气，他当然又坚持要带着伞出去。我说敢打赌不会遇到雨的，他说："未雨绸缪，带着总比不带强，万一下雨呢？免得淋成落汤鸡！"我实在不能忍受了，说："万一下雨，我也宁可淋成落汤鸡！"他尚在犹豫，我最后补充了一句："有伞无我！"他才悻悻然把那伞儿收去！

在许多公共场合的衣帽间里，也常常有它的踪迹！真是"人皆取衣我取伞”！但不幸的是在某次友人的结婚典礼时，这把法国名伞竟不幸被茶房给错了客人，换来一柄破旧的黑布伞。那天赶巧真的有点儿雨，我们俩躲在这破伞下，他默然不语。他心里一定在盘算着：登个寻失广告吧，未免被人贻笑小题大做；和茶房发脾气吧，实在也无济于事，丢了又真可惜，这把破伞不久便流落到下房去，派给老妈子买菜上茅房用了。

胜利以后，日侨遣归，遗下许多东西，我们成天价逛小市儿，捡便宜货。想一想，我们打胜了仗还买人家的剩东西，也说不清心里是什么滋味儿！这把“小林”的伞便是在东单小市上买来的。他希望再得到一把新的那种“英国绅士”味儿的伞的心，不知有多久了，所以当他在那个低头斋发现了这把九成新的伞以后，那种爱不忍释的样子，立刻就使卖主拿出“一买三不卖”的架势来。他把玩良久，最后在伞柄上发现两个字：“小林”——我的学生时代的外号，所以他更高兴了：“看，你的伞！”小林的伞便在“货高价出头”之下，属于我们了。

我还记得当晚我们臆测“小林”这个日本人，我们猜，小林也许是个学者吧？矮矮的个子，穿着黑西服，皮带系在肚脐眼儿以下的那种日本人。或许是个军阀？不，决不会，一个日本军阀不会有持伞的习惯的。不管他是干什么的吧，怎么回国连伞都不带走呢？他很惋惜地为小林，当然也很侥幸地为自己。

小林虽然没有把伞带回日本去，他却把“小林”的伞漂洋过海，经海陆空三路带来台湾了。我是先一步到台湾的，一个月后他才来。十五公斤的行李还在基隆，他却举着小林的伞到台北来。一进门，孩子们喊着经月不见的爸爸，又惊奇地喊道：

“妈妈！爸爸只带一把伞来！”

他这时也有些难为情，指指伞说：

“带它好不容易啊！箱子里装不下，铺盖卷儿里卷不下，所以我从北平一路拿到台湾来，喝喝！”

当然，在飞机上他可能用腿紧紧地夹着它，在船舱里他也可能和它睡在一起呀！

台湾多雨，他和伞总算有了出路，出门带得更勤了。不过两年的工夫，小林的伞已经五痨七伤。修修补补不知多少次了，这次实在无可救药！记得小林的伞刚买来的时候，我曾为文小记，如今寿终正寝更不免要祷祭一番。庆幸的是伞虽破不足惜，我们的爱情却老而弥坚呢！

一九五一年四月

平凡之家

感谢朋友们的关怀，他们的来信总是关心我的生活："真难为你拖儿带女的"，"不用人还拖着三个孩子"……大概我在不曾见面或者久不见面的朋友的想象里，该是一个一天到晚愁眉苦脸加上一肚子牢骚的女人，拖着三只丑小鸭，站在灶边，一顿又一顿，做着烧饭的奴隶，岂不是一个"准平凡"的女人吗？

我的确是一个乐于平凡的女人，朋友们都奇怪我在这两间小木房里，如何能达到康乐？我却以为古人能够"一箪食，一瓢饮，居陋巷"而不改其乐，我怎么就不能在这十叠半席的天地里自得其乐呢？西谚有云："听不见孩子哭声的，不算是完整的家。"那么我对于儿女绕膝的福分，还不应当满足吗？在我们的小家庭里，我的女高音从来是压不住孩子们的三部合唱的。有时候我要跟他谈几句话，竟会被正在高谈阔论的小女儿喝道："妈妈不要插嘴!"我们的生活里，孩子是主要的成分呢!

我读过许多描写得有如琼楼玉宇的"吾庐"文章，看看别人所描绘的家，对于并不属于我的十叠半的"吾庐"就更不敢献丑了，但是正如梁实秋先生对他在四川居住的"雅舍"所说："我不论住在哪里，只要住得稍久，对那房子便发生感情，非不得已，我还是舍不得搬……纵然不能蔽风雨，'雅舍'还是自有它的个性，有个性就可爱。"我最初搬到这十叠半来的时候，心情之沉重，难以形容，看着堆在壁橱里的十五公斤行李，想起北平扔下的一大片，真要令人闷绝，怕他骂我想不开，夜里钻在被窝里，不知淌了多少眼泪！但是两年住下来，就犯了北平人的懒脾气。最近听说他的机关有意把我们全家配到一栋多出两叠的房子去，自幽谷迁于乔木，可喜可贺，但是我和他反而留恋起两年厮守的这两间木屋来了，母亲还以为我是舍不得曾投资于修理厨房的两包水泥呢!

今日阳光照在书桌上，觉得格外温暖，我忽然想起这两年来，在这十叠半的天地里，实在是健康多过病弱，快乐多过忧愁，辛勤多过懒散，接待过许多徘徊台北的朋友们，有过多少次的夜谈之乐，这一切怎不使人对这木屋的情趣留恋呢?

我们的生活情趣重于快乐的追求，有人说我们该是没有理由快乐的家庭，丈夫是一个自甘淡泊的人，因之我们的生活也就来得紧张些，但是我们在紧张中却不肯牺牲“忙里偷闲”的享受，张潮《论闲与友》里说：“人莫乐于闲，非无所事事之谓也。闲则能读书，闲则能游名胜，闲则能交益友，闲则能饮酒，闲则能著书。天下之乐，孰大于是？”然则快乐的心情，却要自己去体味。有人看我们在孩子们熟睡后，竟敢反锁街门跑去看一场电影，替我们捏一把汗，说是台湾的小偷闹得很凶，可是我们仍不愿放弃儿辈上床后的这一段悠闲的时间，夜读、夜写、夜谈、夜游，都是乐趣无穷的。有时候夜读疲倦，披衣而起，让孩子们在梦中守家，我们俩到附近的夜市去吃一碗担仔面，回来后如果高兴的话，也许摊开稿纸，把瞬间所引起的情感，记在上面。

把一切归罪于“贫穷”，是现代生活里人们常有的心情，我却以为应当体味《祖母的精神生活》一书中所说的祖母的人生观：

> 孤独不算孤独，贫穷不算贫穷，软弱不算软弱，如果你日夜用快乐去欢迎它们，生命便能放射出像花卉和香草一样的芬芳，使它更丰富，更灿烂，更不朽了——这便是你的成功。

捉住光阴的实际，快乐而努力地过下去，不做无病呻吟，一个平凡女人的平凡生活，如此而已。

一九五一年三月

今天是星期天!

“今天是星期天,孩子们!”在似醒还睡中,我听见他以致训词的调门这么说,“让你们辛苦的妈妈,睡个早觉!”跟着是孩子们的一阵哄堂好,他连忙“嘘!嘘!”地给镇压下去了。

谁要说“当今之世,知道体贴妻子的丈夫有几个?”的话,我首先要叫出反对的口号来,这种体贴的幸福,我深深地尝到了。——让你们辛苦的妈妈睡个早觉,我微笑地,陶醉地,含着这颗“体贴的幸福的果实”在温暖的被窝里翻个身。我忽然记起,有人曾把“好妻子”的美衔送给我,如果我真有这项荣誉——荣誉应该属于他。想着想着,当我再听见他说什么“孩子们跟我到厨房来……”的时候,我已渐入幸福的梦乡中了。但是这个幸福(或体贴)的回笼觉,似乎没有达到理想的时间,我便被自己的一阵咳嗽给呛醒了,我闻见了什么味儿，也听见了一阵小小的喧哗，是他在说话："美美，乖，快，再去拿点儿报纸来，可别拿今天的，今天是星期天，知道吧！"

好了，我该起来了，原来是一股煤烟钻进了蚊帐。我首先要明了的是他们爷儿几个的情形。在厨房果然有一番新景象被我看到：洗脸毛巾围在饭锅上，字纸篓歪在火炉旁，麦片、牛奶罐头、鸭蛋、香蕉堆在洗脸盆里！外子正给小儿等开讲火的哲学呢！他说："人要忠心，火要空心，懂不懂？……但是，"他一回头看见了我，"咦！怎么不睡啦？去睡你的，这儿有我！"我幸福地一笑，刚想说"也该起啦！"话未出口，他又接下了："要不然，你先来给生上这炉火再说，大概炉子有毛病，不然不会生不着的。"

我的孩子们用一种"叹观止矣"的神情，看我用一小团十六开报纸和数根竹皮把那炉火生着了以后，美美开口了："爸，火着了，做你的麦片牛奶鸭蛋香蕉饼吧！"

"麦片牛奶鸭蛋香蕉饼？是《媛珊食谱》上的？"在那本食谱上，我仿佛没见到有这么一道复杂的点心呀！

"不，是爸爸发明的！"

那就难怪了，她爸爸发明的东西可多哪，这一早上就两样了，"空心火"跟"麦片牛奶鸭蛋香蕉饼"！

"好，其余的你不用管了，你等着吃现成的，我们来！"

等着吃现成的，对，我由厨房走上了我们的统舱。我说统舱，人家会不懂，原来在这十几席榻榻米上，晚上铺上了被褥，就跟当年我们睡在中兴轮的统舱里一样，故以名之。到了白天，铺盖卷儿一收，当然就是客舱了！现在我所以说“上了我们的统舱”的意思，是因为被褥狼藉，我还没收拾呢！

待我把客舱“表现”出来，那边已经在叫吃早点了。

关于“麦片牛奶鸭蛋香蕉饼”，如果当时有人看见并尝到的话，他们也许会说，那实在是一种缺乏了饼的形状的饼，而且外面黑了，有点苦，里面稀了，有点生。但它对于我，却不是这种说法，当他踌躇满志地歪着头问“怎么样”时，我点点头并且不由得颇为含蓄地笑了一下，这含蓄的意义是很深切的，或者可以说，如果不是碍于孩子们在面前，我一定会情不自禁地吻着他那多髭的嘴巴，并且轻轻地告诉他说：“我不管人家说什么你做的饼是外焦里不熟，我吃出来的完全是一种幸福的味道！”当然，这种味道，只有我一个人尝得出来。

他在得意之余又发话了：“记住，孩子们，以后每个星期天都是妈妈休息的日子，无论什么事都不要妈妈动手，她已经辛苦了一个星期了！”最后，他作如下的决定：

“工作要求效果，看，现在才十点钟，上午诸事已完毕，好，现在，你们可以找小朋友去玩，等到十一点半再回来，我们分工合作，来准备午饭……”

“但是，”我是要说，早点的碗筷还没洗哪，院子还没扫哪，菜还没买哪……不过他不容我插嘴，“你放心好了！”

“不是……”

“一切放心，包在我身上！”他拍拍胸脯。

孩子们呼啸而去，他打了两个饱嗝，夹着一叠报，做“要舒服莫过倒着”的阅报式去了。

当我把碗筷洗净，饭桌擦净，厨房刷净，院子扫净，提着篮子去买菜时，他也看完了报。“咦，到哪儿去？”他不胜惊诧地问。

“买菜去呀！”我也不胜惊诧地回答，——难道他说过要请我们下馆子的话了吗？不然他不会不知道买菜是我每天运用智慧最多的一课呀！

“啊，这我倒没想到，不过我们吃最简单的好了，实在用不着像每天那样四盘一碗的，比如做一个咖喱牛肉番茄土豆来拌饭吃就很好了，像刚才我做的麦片牛奶鸭蛋香蕉饼，不就是营养丰富，而作法简单吗？”

“也好！”我蛮同意。

“不过，”他又犹豫了一下，“好久没吃鲤鱼了是不是？多添个红烧鲤鱼好了。”

菜场归来，小鬼们已经在他的领导下挽袖撩裙做准备状了，我进门先告诉他：“今天的鲤鱼都死去过久，我怕不新鲜，所以没有买。”

他用一种“何不食肉糜”的口气问我：“那你怎么不买活的？”

“活的？”活的比死的贵一倍，我们的菜钱里从来没打过买活鱼的预算呀！但我不好伤他的心，仓促间，便说了一句意义不够明显的话：“活的也不新鲜！”好在他没听出来。

“来，我们分工合作，以求工作的效果！”他强调早上那句话，同时转向我，“你就是缺乏这种头脑，所以工作效果较差！”

关于分工合作、工作求效果等事，我应当加以补充说明，外子是个标准公务员，吃了十几年的这行饭，虽然两袖清风，但是落得不少“效果”，去年曾因办事效果甚佳而受褒奖，一个地方所褒奖的公务员，是没错的，所以我在被批评“缺乏头脑”后，并没有不愉快，虽然我煮饭也有十几年历史了。

他们又把我送上了客舱，一定不许我下厨房，还是要我吃现成的。我听他分配得有条有理：

“你们三个人，你剥豆，你洗菜，你扇火，菜由我来切，因为对于你们使用菜刀，我还是不放心。”

果然大家在静静地进行“效果”，一点声息也没有。这现象维持了约有二十分钟，厨房里忽然喊出了一声“快来！”跟着是他举着手从厨房出来了，左手的无名指被菜刀割了一道口子，鲜血滴滴，找棉花、找药水、找纱布，大家忙成了一团，不过他很镇静，并嘱咐大家“不要慌”。这时厨房里又喊出了一声：“快来！”原来那个最镇静的美美还在扇火呢！火上是锅，锅里是油，油是开的！我奔上前去，从切菜板上抓起血淋淋的白菜，赶忙丢在油锅里，“碴”的一声，把美美吓跑了，却把他招来了……

“白菜，血，洗！”缠着纱布的手直向我摆。

“啊，来不及了！”我望着躺在油锅里的白菜。

在饭桌上，我指着那碗白菜，对孩子们说：“吃吧，这里面有你爸爸的心血！”他很得意，但严肃地说：“这种菜刀实在有改良的必要，为害甚矣！”

这是不能怪他的，因为他惯于使用刮胡子的保险刀，拿菜刀还是头一遭呢！

到此时为止，星期天刚过了一半，我实在有继续说下去的必要，因为他在饭桌上又宣布下一个节目：“吃完饭我带你们几个出去玩，可以让你们的妈妈清静清静。”然后转向我，“你可以睡觉，写文章，打毛衣，随心所欲。”

不用说，吃完饭我又是一阵刷洗，他那种视若无睹的样子，仿佛从来不知道人生在吃饭之后尚有洗碗一事。

在一阵翻箱倒箧之后，有五个钮子、三个破洞等着我来缝，这是义不容辞的，因为全家只有我一个人受过缝补的训练，不过他说：“平常你如果随手缝补，就不会有堆积之苦了！”这种批评是很对的，从工作的效果上来说。

“跟妈妈摆摆，说：‘您舒舒服服地睡一觉吧！’”果然，牙牙学语的四丫头摆手呀呀了一阵子。

送走了他们爷儿五个，我确有轻松之感，是的，我该睡个午觉了，找补早上所失去的幸福之梦。倒下去不久，送晚报的来了。该死，我在睡午觉，来了晚报，都市的生活，对于时间的观念总是模糊的。看完星期小说我再度入梦，但敲门声甚急，想装死都不成，开开门来，一片“拜托”声，原来是邻长里长领着一干人等，送上“请赐一票”，鞠躬如也而去。

时间是不饶人的，当我陆续又为掏粪的、送书的等等开了几次门之后，跟着他们回来了。

“睡得好吧？”世界上最体贴的人，还是自己的丈夫，我很高兴地回答说，“睡了一大觉！不是你们叫门，我还睡呢！”

又经过一场脱换衣服之后，他做本日的第三次宣布：

“来呀孩子们！我们该做晚饭了！”

“不，”我一步抢到厨房门口，两手支撑门柱拦阻着，“你们对我的一番好意，我心领了，晚饭由我一个人来做，请务必答应我这个要求！”

一九五四年十二月

窗

窗和门都是从墙上挖个洞而构成的，也都是可以开关的。但是因为名字的不同，意义也大有区别。门是要关得好，关了门可以把一切你所不喜欢的事情摒弃在外。所以门是无情的，我们看见“门禁森严”，便要掉头而返。吃了“闭门羹”，便会垂头丧气。

窗是要开得好，开了窗首先便迎进新鲜的空气，充分的阳光，美丽的风景。窗把我们和大自然的隔膜打开。有一位作家对于门和窗有这样一句妙语：

> 父亲开了门请进了物质的丈夫，但是理想的爱人总是打窗子出进的。

窗子是有情的，它使失望者得到安慰，不是吗？除了情人以外，贼也是喜欢打窗子出进的。

无论是在房屋建筑上，还是在人们生活中，窗是占了重要的地位。“窗明几净”，是勤快主妇的表现，而文人的家庭，也总是把书桌分配到窗下，迎着窗前的景色，执笔人的思潮便会如泉水一样地涌出。我们在漫长的旅途上，也是仗了车有车窗、船有船窗才把沿途的风景一览无遗。我们中国有一位美学家李笠翁，便是一位“窗”的欣赏者。他发明了扇形窗，开在湖舫上，因为中国的折扇上常画风景，湖舫上如果有了扇形窗，窗外的风景便如上了折扇。他又发明了“尺幅窗”，因为他家有一扇窗，窗外恰好是有“丹山碧水，茅屋板桥，茂林修竹”的好风景，他便用几张纸把窗的上下糊成中国字画的幅头，再镶上边儿，猛一进屋子的人，简直不知这是画的画儿呢，还是真的风景？

家家的窗外有着不同的环境，推窗而望，不同的风光便予人以不同的灵感。我家的窗和所有日式木屋的一样，里外两扇，推过来推过去。我家有一排窗是紧临着街的，所以过路的人偶一抬头，我家的风光便一览无遗。我家卧室的窗也是临着街。卧室是纯粹的卧室，摆床的时候煞费苦心，为了两面留出走路，不知靠在哪一头合适，最后还是让它贴着窗户。这样一来，虽然有许多讨厌处，比如各种市声都好像压在你耳旁吆喝。但是也有许多好处,送报的从窗缝里塞进报来,恰好落在枕旁。除了一排木栏杆隔断外,似乎家庭已经和市街融合为一了。

绿衣人也看中了这窗子的方便,他不再叫门,一封封的信从窗子递进来。我的小小书桌也是临窗的,有时正伏案写读,忽然听见自行车戛然而止地停在窗前,等你抬起头来,一封信已经推到书桌上了。到后来,邻长的通知单、取电灯费的、取水费的、送稿费的,都到窗前便停步了。我家的窗户,除了人的进出外,已经代替了门的许多功用,甚至朋友的光临也是先到窗前来探探头,看看主人在家与否再叫门。

我分配给书桌的时间并不多,但是得空我总喜欢坐在桌前摸摸索索。有时一无所事,只是坐着望着窗外凝思,一云一叶都能勾起无边的思潮。夜晚,拉上窗帘,在万籁俱寂时伏案写作,不知夜深到什么程度,因此常常引起巡夜警察的疑心,他们轻轻儿地在窗前停下来静听着。过一会儿,似乎失望于没有四个人在搓麻将,便骑上车过去了。

我每天坐在这里,可以定时地看到许多不知姓名的熟悉的面孔,买菜的、上班的、上学的。我有时给他们编故事,猜他们的身世,估量他们的脾气,这真是一个思想的娱乐!我常常想,如果有一天再回到北平,北平的朋友一定要问起我台湾的生活，我不会忘记告诉他们，几年的木屋生活里，窗子是占多么重要的地位。

一九五〇年

生之趣

朋友们说我越过越糊涂了，客人来了挤在廊下谈天，那间身兼三用的客厅却让给孩子们捉迷藏。这且不谈，如今又把沙发腾给母鸡下蛋做产房；到夜来，野猫在厨房里打得天翻地覆；老鼠蟑螂来去自如；一个家，弄得这样主客不分，人畜杂居，还成何体统？

原来今春在来杭鸡行市一落千丈的当儿，一位养鸡朋友专诚送来一对鸡夫妇，请我们收养。偏偏我和他对于伺候这种站着睡觉、散步拉屎的玩意儿，实在兴趣索然，朋友见他面有难色，连忙指着我说：

“太太写文章，身边琐事离不开鸡零狗碎，养两只鸡，可以助长思路。”朋友又安慰我说：

“来杭鸡六个月就下蛋，现在已经三个月大了。”

勉为其难，看在末句话的面子上，我收下了。另外一位好心的朋友又送了我一只合乎科学的鸡笼，但是这一对没落的夫妻却偏偏爱飞上晒衣竹竿，餐风饮露，站立睡眠，早晨起来，台阶上是一堆堆鸡屎。我一切都忍受，还不是为了“六个月下蛋”的好日子的来临！可是七个月，八个月，九个月都过去了，它还是交不出卷来，我心想，就是人类的妇女，九月怀胎也该瓜熟蒂落了呀！

不过我们的鸡太太是“不安于室”的，早晨大门一开，它跟在孩子们一窝蜂之后，也溜出去了，我便不得不多一分的仔细，如果是蛋落邻家，我再落个空忙一场，岂不更冤？不过经过隔壁阿婆在鸡屁股上仔细“测量”之下，断定是“尚非其时”，紧跟着一句是“快了”。

我又耐心等候多日，消息杳然。某次，鸡太太在榻榻米散步之间又拉屎一摊，我在孰无可忍之下，便对妹妹说：“它既不下蛋，赶明儿你生日到了，杀了请你！”我说这话的时候，鸡太太正侧着头，闪着鸡眼在看我，仿佛它听懂了似的。第二天一早，它便跳上跳下，左寻右找，终于跳上了沙发，在众目睽睽之下，产下了天字第一号的处女蛋！我们举家欢呼，我的三只“丑小鸭”更是争着要吃那个热烘烘的生鸡蛋，但是隔壁的阿婆却连忙摆手说吃不得。留着明天放在原处，否则它便找不到下蛋的地方了。我谨遵指导，从此鸡太太在沙发上生产便成“习惯法”。我们一家人都知道，坐在沙发上，如果看见鸡太太摇摇摆摆走过来时，应该有连忙让位的礼貌。

某一个星期日的早上，我们鸡太太又要临褥，我刚把沙发腾出来，这时却来了一位朋友要邀我出去。他一屁股坐在鸡太太的“产床”上，便摆开了龙门阵。那鸡太太在沙发旁急得直打转儿。我那小女儿忍不住推了我一下，低声说：“妈，鸡要下蛋。”我瞪了她一眼，母亲也逼我，她用来客认为比外国话还难懂的台湾话对我说道：“你还不请他走吗？鸡要下蛋了！”我在母女的攻势下，只好打断客人谈话的兴头，找个理由约他出去。在我穿鞋的时候，回头看看，鸡太太已经上了产床，家人都向我作会心的微笑。

要说猫，就想起老鼠。我们的天花板上，在最热闹的时候，好像万马奔腾，通宵不停，就是这样，我还没有养一只猫的念头。我以为猫捉了老鼠，一样还要偷鱼吃，倒不如弃猫留鼠，因为老鼠除了赛跑以外，和我们的生活各不相扰，倒也相安无事。它们住在“更上一层楼”；另从墙上打洞出入；吃饭时间在半夜里；并不像馋猫，在你切肉的时候，把鱼叼了跑。

虽然如此，我这里仍收留了一只不捉老鼠的母猫，它是前任屋主人所养的，到了相当时期便要回到这儿来和它的一群老情人“旧梦重温”。于是这位猫夫人便在踢它不走、打它不动的情形下，腻在这儿了。某日，我打开壁橱门一看，它竟在我那绝无仅有的一件新制秋装上，正用舌头舐她那三只新生儿。我气急败坏，简直要光火，却见它软弱地抬起头来，向我“喵”的一叫，这一声便打动了我无限母爱,“幼吾幼以及人之幼”,我心一软,只好教要去菜场的母亲多带一条鱼来,给它补补。

如今鸡太太下蛋如恒,猫夫人又一产三子,这里因为“生”气勃勃而皆大欢喜。身为主妇的我,也不免因为心情愉快,照习惯又要摊开稿纸,写我酸溜溜的“身边琐事”了!

一九五一年十二月

春

有一位老婆婆，年年的除夕要我给她做一件事，她拿来一叠红纸和笔砚要我“写春”。在裁成大小形状不同的红纸上，我用蘸饱了墨汁的羊毫笔，竟也痛快淋漓地挥毫一番。当我每次写下那“福”字、“春”字的时候，心里不免想到，如果不是因为还有个守着旧习惯的老婆婆的话，像我这一代的人，在目前的这种生活下，怎能有机会练练毛笔字呢！我的毛笔字虽有如春蚓秋蛇，但我还是很高兴写，它使我温习了旧的年月。

但是去年我给老婆婆拜年时，忽然想起了我似乎还有件什么事没有做吧，以为是老婆婆忘了呢，便问她说：

“伯母，你今年忘了教我写春了啊！”

她拍拍我的肩笑说：“我教我家阿文写了！以后就可以不麻烦

你了，真多谢你啊！”

我不由得惊奇地叫起来：“阿文会写？”

老婆婆说：“阿文进学校了呀，他会写字了呀！喏，你来看。”

果然，在厨房的灶台上，在饭厅的墙柱上，在卧室的门板上，各处都贴了那充满着稚气字体的红纸，老婆婆的眼睛从去年就不太好了，所以贴也贴得歪歪斜斜的，但那却是包含了多么深切的意义啊！

阿文去年是七岁，刚进小学，今年就是八岁了，老祖母守着这个孙子过活，因为阿文的父亲死了，母亲常年住在娘家。可以说，老婆婆对于第二代的希望已经没有了，她的精神是依赖在第三代的阿文身上的。我常替她难过，想着这中间空落下的一段距离，怎么衔接得上呢？但是老婆婆并不气馁，她只是那样稳稳当当地过活着。祖孙俩没事闲谈时，我常听阿文对祖母说，长大了要如何如何的话，祖母也都满口答应下来，仿佛一向寄望于儿子的一切，都会在孙子的身上实现。

老婆婆的人生观，无形中给了我很大的启示，我想他们是生活在冬日里，却毫无怀疑地等待春日一天天接近，可不是，当阿文写下了第一个“春”字时，那不是已经接近了一步吗？

春天与希望是常被人相提并论的，但是我觉得应当再加上儿童——儿童·春天·希望，才是一个完整的人生，我年底整理信箧，翻出旧信来看时，发现一封发黄的信，是某年师母寄给我的，那年我曾向她发了些牢骚，她立刻回信安慰我说：

> 经过这几次的变乱，不但你不是小孩子，而我更是垂垂欲老。完完全全的快乐，是不容易得到的，夫妻之间亦只有互谅互助，如果常去观察分析，不免自寻苦恼，何况我们都有我们神圣的职务——保护和教养我们的下一代。如果我们能看见我们一生所希望所愿意做的事，他们能达到、能完成，该是多么快乐的事？时间是那样的无情啊！

人生是有限的，希望却无穷，唯有儿童的地方，才有无限的希望，代代相延，这是一份活的财产。我们也许生活得并不如意，也许常觉得个人的夙愿完全绝望，这世界是多么悲惨！但是看见孩子们天真烂漫的心智与笑容，便敢相信我们的世界仍有前途，仍有美的境界在。

今年我当然还是没有希望给老婆婆写春了，但是那春的意义却未失去，新年试笔，只觉春意盎然。

一九六一年元旦

友情

似乎只有春夏两季的岛上生涯过得真快，一转眼间就是三年了。今天，白天听着巷子里叫卖椪柑的声音，晚上按摩的盲者又拖着木屐、吹着笛子从窗前经过，和三年前自基隆舍舟登岸后，借住在东门二妹家的情景一模一样。

邻居的一品红开得正盛，陪伴着高大的橡皮树，在墙头迎风招展。在北平，这是珍贵的“盆景”，此刻正陈列在生了洋炉子的客厅里，和冷艳的腊梅并列。

想到了北平，便不能忘怀扔在那里的一大片，家搬到那里二十多年了，可留恋的东西实在很多，衣服器物，只要有钱，原可以再购置，但是书籍，尤其照片，如果丢了就没有法子补偿。更可怀念是那一帮朋友——那一帮撇着十足京腔的朋友，他们差不多都没舍得离开那住进去就不想走的古城，现在不但书信不通，简直等于消息断绝。

这些朋友，有的是同事，有的是同学，有的是同乡，有的兼有以上两种或三种的资格。我们从梳着两条小辫儿一同上学到共同做事养家，又到共同研究哺育子女的方法，几十年都没有离开这城圈儿，现在却分居在两个世界里，不知何日重见。和这些朋友彼此互悉家世，了解性格，而且志趣相投，似乎永远没有断交的可能。即使在大劫以后，他们能保得余生，但是经过长期和世事封锁，将来再见，也想象不出他们那时是何等情景了。

我刚回到台湾时，幸运的是家人大部分团聚，甚至还多了许多亲戚长辈。不过寂寞的是友谊突然减少，偶然有剩余的时间，觉得无所寄托，认识的人虽多，可以走动的朋友却极少，值得饮"千杯酒"的知己更少。所以我那时常对人说：回到台湾，理论上是还乡了，实际上却等于出了远门儿，因为只有到一个新地方才感觉到没有朋友的寂寞，"出门靠朋友"，没有朋友便有流亡身世、无所依靠之感。

幸亏第一个来填补这个"感情的真空"的是乡情，我所能感觉到的乡情有两种，一种是台湾的，许多亲友听说我"少小离家老大回"，都来接风叙旧，对于我的"乡音未改"，尤其感到愉快。另一种是大陆的，例如山东朋友明明听到我是"京油子"，却坚持要称我是"老乡"，广义地说，都是从大陆上来的；再狭义一点儿，好像我们都有资格参加华北运动会，他却不晓得我是回了“本乡本土”的呢！反而是到了台湾人的面担子上，老板娘却坚持说我连“半山”都不像。

第二个是友情之门忽然开放，许多“不速之客”闯了进来，这完全是因为偶然在报章杂志写写稿子的缘故，日子一多，纸上也熟悉了。以文会友，一封表示“久仰”的信便可以建立了友情。

这许多新朋友是分住在各地的，有的在热闹的城市，有的在安静的小城镇，有的在风景区。台湾的交通便利，旅行成了极平常的事，再远的地方也不过朝发夕至。无论新朋友老朋友，都是到一处，搅一处，一地有一地的情味，一处有一处的风光。虽然台湾的恶酒不足以论文，甚至会吓跑了文思，但是作客异地，秋窗夜话，已经够得上是件乐事了。我常常感觉到，即使从小看大乃至天天见面的老朋友，有些共同生活反而不容易产生，例如昔人说“联床夜话”，想一想，越是亲近如邻居，反而不会有这种乐趣的。

木屋生活是有趣的，榻榻米上可以许多人拥被围坐，中间放一只矮脚桌，烟茶果点，有备无患。如逢冬夜，加上火盆一只，烧着熊熊的相思炭，上面烧水、烤薯、煮咖啡，无往而不利。战火余生，得到这样自由自在的生活，真该谢天谢地了。

两年来，在台湾交的新朋友寄来的信已经塞得满满一抽屉。台北的电话太少，本市的朋友也要靠绿衣人联络，所以写信也成了伏案生活的一部分。写信有好处,“物证”在手,闲时可供消遣,必要时也可资覆按,比起话说过了不存形迹,另是一番趣味。将来我“王师北定”之后把这些信整理发表的话,也称得起是“避秦书简”呢。

信笔至此,风正吹着门窗格格作响,雨打椰树发出沙沙的声音来。若有足音到窗前而止,敲着玻璃问道:“海音在家吗?”我必掷笔而起,欣然应道:“在家在家,快请进来坐,乌龙茶是刚沏好的啊!”

一九五一年

灯

我们在劳人草草的生活中，的确把“友谊”这件事耽误了许多。平日因为公私两忙而不暇顾及友情之乐，可是偶然碰上清闲的夜晚，又会感到一种“暴风雨前的平静”的寂寞，希望这时闯进两位“不速之客”来，作长夜之谈。

施耐庵说：“吾友来，亦不便饮酒，欲饮则饮，欲止则止，各随其心，不以酒为乐，以谈为乐也。吾友谈不及朝廷，非但安分，亦以路遥，传闻为多。传闻之言无实，无实即唐丧唾津矣。亦不及人过失者，天下之人本无过失，不应吾诋诬之也。所发之言，不求惊人，人亦不惊，未尝不欲人解，而人卒亦不能解者。事在性情之际，世人多忙，未曾尝闻也。”

这是在承平之世的“道德的谈话”，所以有那么多的限制，在今天看来，未免与“言论自由”有所牴触。

林语堂先生在一篇《谈友谊》的文章里说过：“谈话的适当格调，也就是亲切浪漫不经心的格调，这种谈话的参加者已经失掉了他们的自觉，完全忘掉他们穿什么衣服，怎样说话，怎样打喷嚏，把双手放在什么地方，并且也不注意谈话的趋向如何。谈话应是遇见知己，开畅胸怀，一个人两脚高置桌上，一个人坐在窗槛上，又一个坐在地上，由沙发上拿去一个垫子做坐垫，却使三分之一的沙发空着。因为只有当你手足松弛着，身体位置很舒服的时候，你的心灵才能够轻松闲适。到这时候便‘对面只有知心友，两旁俱无碍目人’。”夜谈之乐，大抵在此。

这种种友情之乐的境界，我们完全明了而且乐于享受。只是在人事多忙的今日，碰上赶写稿子的夜晚，如有“不速之客”的闯入，也许会使主客局促不安。客人会进退维谷，后悔他今晚剩余的时间分配得不恰当。主人也有留客既难、逐客更不像话的感觉。

某年曾在洋杂志上读过一篇《寂寞的蓝灯》的小文，作者的意思是说他提倡每个家庭的门前装上一浅蓝色的小灯，如果这个家庭在寂寞的夜晚欢迎“不速之客”来聊天、打牌的话，就把小蓝灯亮起来，好像一个“呼救”的信号，他的寂寞的朋友散步经过门前，看见了灯，就可以登门拜访。反之，如果这盏灯不亮，就证明主人今夜无暇，不必去打搅，可以再到别处去找灯光。

这种主张很新颖，假定台北市家家门前有这样一盏灯，不晓得每天晚上有多少盏在亮着？是晴天多呢，还是雨天多？是冬天多呢，还是夏天多？这准是一个很有趣味的统计。

一九五一年

寂寞之友

当你脑中毫无蕴蓄而硬要透支灵感，是多么困难的事！我坐在这里好久了，钢笔也不知蘸了多少次墨水，却无法继续写下去。一赌气，扔下笔，推开稿纸，打个呵欠，伸伸懒腰，一头仰在椅背上，闭目深思。猛一睁眼，看见天花板上正爬着我的“寂寞之友”，不知它在这里等待我有多久了？我微笑地望着它，心里不禁喊道：“朋友，来了吗？”

可是我的脸和它正是个垂直线的距离，虽然和它已经很熟悉，夜夜在这里见面，但是关于它的种种故事，对于我来说，印象太深，无论怎样亲切，也会习惯地怀着戒心——我怕它也许一高兴，撒泡尿滴到我正张望的眼睛里，我连忙把藤椅挪挪窝。

伏案太久了，仰起身来靠在椅背上是一件很舒服的事，任思想去游离。把紧张的思索抛开，正像一条珠链断了，珠子撒了满地，任意地滚散出去，有的便不知滚到哪个角落里去了。我把一根思索系在那“寂寞之友”的身上，看它不变的姿势能维持多久？可是有时反而是我敌不过它，在思想游离之间便忘记了它的存在。猛然想起它来，再注意地望去，它却不知在什么时候跑得无影无踪了，你真要找它是不容易的，它是个又扁又软的肉体，快，又没声音。

我真奇怪，怎么自幼就知道的这种小动物，一直到现在才引起我的注意。是在像今夜一样的时候，我坐在书桌前发怔，思泉枯竭，就是吸满一管子墨水，也是写不出字来。我轻嘘了口气，把视线从桌上移到窗上，正好看见这个可怕的小东西趴在那里，它是在窗子外面的，因此在屋里所看见的是它的白色肚皮，赤裸裸地贴在玻璃上。那样子是极丑恶的，看到它就要使我浑身酥麻。打个冷颤，我却站了起来，把脸趋上去，是想对它观察一番。因为我忽然想，长这么大了，从来没有仔细看看这种小动物呢！在我以为，或许可以在它那白肚皮上发现像蝎子的肚皮一样，有一张牌九什么的。可是并没有什么奇迹，只是光溜溜的白色而已。

我的好奇心又驱使我伸出手来，想隔着玻璃摸摸它的肚皮，可是伸出去的手又缩回来了，自幼养成对这东西的恐惧心理，即使隔着玻璃，我也不敢去动一动。

一直到它扭动腰肢，一瞬间便溜走到不知什么地方去，我才收回视线，这时忽然像一股泉水的复活，灵感汩汩而出，我又回到稿纸上来了。

它在许多夜晚的出现，不禁引起我对它研究的兴趣。我有时会忽然停笔，跳出思想的陷阱，去寻找我的寂寞的朋友，像白天我寂寞地做着家事时一样，会忽然放下针线，推开街门来看看，张家李家的什么什么人刚走过去或者回来了，虽然对这些熟悉的面孔从来没有招呼过，可是他们也会使我惦记。

它最喜欢贴在玻璃上，我想，白白肚皮贴在上面一定很凉爽，它喜欢靠近光亮的地方，对于猎取食物比较便利吧！有时在桌边，也有时在书堆上。它的名字虽然叫“壁虎”，可是它并不太喜欢高踞墙壁。它总是停驻在很快便可以隐没的地方。宽阔的墙壁，也许它认为逃避起来太不方便吧！

它的颜色和姿态，在仔细地观看后，实在是很美丽的，褐灰色的花纹，布满了全身，一直到尾巴。说起尾巴，那倒是它全身最可怕的地方了，尾巴很长，占了全身长的二分之一。当它静静地趴在那里，只有尾巴高高翘起摇动着，那一定是正在打主意——攫取食物的主意。我听说过，把它的尾巴切下来，还会跳动着去找到自己的身体接上去。又说那尾巴钻进人的耳朵里如何如何，那真是不可思议，当你想到这儿，手总不由得要伸去摸摸自己的耳朵。壁虎走路和攫取食物的迅速,使你看都来不及,正在飞着的小虫,只凭它一张嘴便抢到嘴里,真是可佩的技术。

有人说台湾南部的壁虎是会叫的,过了北回归线,到台中以北便成了哑巴。去年到南部旅行,的确听到它们的叫声。可是北返时在新竹小住,也听见它们的叫声,朋友说:“三十八度线打破了,会叫的壁虎渐渐北上。”果然不错,在一个寂寞的晚上,孤坐灯下书写,忽然一声“吱——吱”,它们果真叫到台北来了!

一九五一年

黄昏对话

秋很高，黄昏近了，她的颜色像浓红的醇酒，使人沉醉。我在这时思想游离了，想到西山的红叶，但是沉醉在这个黄昏下的，却是摇曳的大王椰子；绿色的椰叶上蒙着一层黄昏的彩色，她轻轻地摇摆着。

妈妈不知在什么时候穿过摇摆的椰树来了。

妈妈的银发越来越多了，它们不肯服贴在她的头上，一点小风就吹散开，她用手拢也拢不住。她进来一坐下就说：

“我想起那个名字来了。”

她的牙齿也全部是新换的，很整齐，但很不自然地含在嘴里，使得她的嘴型变了，没有原来的好看，一说话也总要抿呀抿的。我说：

“什么名字呀?”

她脱掉姻伯母修改了送给她的旧大衣。流行的样子,但不合妈妈的身材。她把紫色的包袱打开,拿出一个纸包来:

“刚蒸的,你吃不吃?我早上花了一盆面,用你们说的那种花混。”她递给我一个包子,还温着,接着又说,“就是那个,一种花的名字。”

她想了想,又忘了。

我把包子咬了一口,刚要说什么,美丽过来了,她说:

“婆婆,你别说花混好不好!你说发粉,你说,婆,你说——花粉。”

妈妈笑了笑,费力地说,“花、混。”她知道还是没说对,哈哈笑了,“别学我好不好?”

“你不是说你是老北京吗?”美丽又开婆婆的玩笑。

“北京人对婆婆说话要说您,不能你你你的。只有你哥哥还和我说您。”

“我哥哥是马屁精,他想跟你要舅舅的旧衣服穿,就叫您您您的!”美丽说完跑掉了,妈妈想拍她一下也没拍着。

我想起来了,又问:

“您到底说的什么花的名字呀?”

“对了,”妈妈也想起来了,“就是你那天说你爸爸喜欢种的,台湾话叫煮饭花，北京人叫什么来着，瞧我又忘了。”

“再想想。”

“想起来了，”妈妈高兴地又抿抿嘴，“茉莉花。”

“茉莉花？怎么也叫茉莉花呢？茉莉花是白的，插在头上，或是放在茶叶里的呀！”

“就是也叫茉莉花，一点不错。”

“台湾话为什么叫煮饭花呢？”

“要煮饭的时候才开的意思。”

“那也是在该煮晚饭的时候。可不是，爸爸每天下班回来，从外院抱着在门口迎接他的燕生呀、阿珠呀，高高兴兴地进来了，把草帽向头后一推，就该浇花了。这种茉莉花的颜色真多，我记得还有两色的，像黄的上面带红点，粉红的上面带紫点，好像这里的啼血杜鹃花。”

“你记不记得这种花结的籽？”

“怎么不记得，黑色的，一粒粒像豌豆那么大，掰开来，里面是一兜粉，您说可以搽的，可以搽吗？您搽过吗？”

“可以搽，可是我没搽过。”

“您搽粉也真特别，总是不用粉扑，光用手抹了粉往脸上来回搽着，那是为什么？”

“用手搽混，比混扑还好用哪！”妈妈的“混”又来了。

“那您现在怎么又不用手了呢?”

“现在的混扑好用呀!”

妈妈说着就用手往脸上来回搓了一遍,这是她平常的习惯,这样搓一遍,脸上好像舒服了。我看着她的皮肤在这几年松弛多了,颈间的皮,在箍紧的领圈里挤出来,一下子就使我想到“鸡皮鹤发”这四个字上去。妈妈大概也在想什么,黄昏的浓酒的颜色更浓了,它的余晖从墙外,从树隙中穿过来,照在廊下的玻璃上,妈妈坐在那旁边,让黄昏笼罩在她的银发上,使我想到茉莉花池旁妈妈的年轻时代。不知道妈妈在想什么?会在想我的婴孩时代吗?偎在她的怀里吃奶?梳紧了我的一根又黄又短的小辫子?为了被猫叼去的小油鸡在哭泣?为了不肯上学被爸爸痛打?但是妈妈这时微笑说:

“你爸爸能把一挑子花都买下来,都没地方种了,就全栽在后院墙脚下,你记得吧?”

又是爸爸的花!

“我记得,后面那个没人去的小小、小小的院子,顺墙还种了牵牛花呢!到了冬天,花盆都堆在空屋里,客厅里又换了从厂甸买来的梅花,对不对?”

妈妈点点头。

我又想起来了:“好像爸爸的花,您并不管嘛!”在我的印象中,没有妈妈浇花、种花的姿态，她只是上菜场，买这样买那样，做了给爸爸吃，他还要吹毛求疵，说妈妈这样那样弄不好。只有一回妈妈不管了，因为爸爸宰了一只猫吃。我说：

“您记得爸爸宰猫的事吧？”

“哼！”妈妈皱皱鼻子，好像还闻得见三十多年前的猫腥味儿，“你的太婆，就曾自己宰过一只小狗吃，因为没有人敢宰。”

太婆自己宰狗吃的故事，我听过好几次了，就是爸爸宰猫的事，我也记得很清楚，而且我也是吃猫的当事人之一，但是我喜欢再谈到它，好像重温功课一样，一遍比一遍更熟悉我的童年，虽然它越过越远。

“爸爸怎么想起要吃猫来啦？”我问。

“也巧，虎坊桥厨房的房顶上有个天窗，你记得吧？原来没有糊纸的，那次糊房子就给糊上了一层纸，刚好一只又肥又大的野猫踏了空，便从天窗掉下来，跌得半死，你爸爸立刻想到宰了吃。”

“我记得是车夫老赵帮着弄的。”

“是嘛！猫皮扒下来，老赵还拿去卖钱呢！”

“那锅肉怎么煮的？”

“像红烧肉一样红烧的呀！切了块儿。”

“哎哟！”我耸耸肩，咧咧嘴，表示怪恶心的样子，但是妈妈笑了：

“你还哎哟哪！你吃得香着哪！只有你爸爸、你和你弟弟吃。

我们可是离得远远的!"

是受了爸爸这方面籍贯的遗传吧,我们的祖先是来自狗猫猴蛇都吃的那个省份,说是最讲究吃,其实多少还带点儿野性。

"后来呢?"其实结果我早知道,但是还要听妈妈讲一遍。

"后来那只锅,怎么洗,我也恶心,老有一股味道,我就把它扔掉了。"

"猫肉什么味儿?"我问妈。

"你吃过的呀!"

"可是早忘了。"

"是酸的,听说。"

妈妈站起来,扑弹着落在身上的香烟灰。她又点起一支香烟。

黄昏越来越浓了。美丽过来,捻开电灯,屋里亮了,屋外一下子跌入黑暗中。

美丽说:"婆婆,你在这里吃饭吧,天都黑了。"

"我在这里吃饭?你舅舅呢,那你舅舅回家吃什么?"

"讨厌的舅舅,谁教他不快结婚!"

妈妈坚持要走,她走过去收那块紫色的包袱,发现她带来的包子被三个女孩子吃光了,她说:

"也不懂给你爸爸留,我特别做的冬笋下。"

"婆婆,读'馅儿',不是'下'!"然后她们打开了冰箱,"看!"

妈妈看见里面留着还有,安心地笑了。

妈妈穿起那件不合体的大衣,走到院子里,黄昏的风又吹开她的银发。我想说,拿发夹夹上吧,但是三个女孩子已经拥着妈妈走出门去了。

一九六二年

辑二　英子的乡恋

英子的乡恋

第一信　给祖父(英子十四岁)

亲爱的祖父:

当你接到爸爸病故的电报,一定很难受的。您有四个儿子,却死去了三个,而爸爸又是死在万里迢迢的异乡。我提起笔来,眼泪已经滴满了信纸。妈妈现在又躺在床上哭,小弟弟和小妹妹们站在床边莫名其妙是怎么回事。

以后您再也看不见爸爸的信了,写信的责任全要交给我了。爸爸在病中的时候就常常对我说,他如果死了的话,我应该帮助软弱的妈妈照管一切。我从来没有想过爸爸会死,也从来没有想到我有这样大的责任。亲爱的祖父,爸爸死后,只剩下妈妈带着我们七个姊弟们。北平这地方您是知道的,我们虽有不少好朋友,却没亲戚，实在孤单得很，祖父您还要时常来信指导我们一切。

妈妈命我禀告祖父，爸爸已经在死后第二天火化了，第三天我们去拾骨灰，放在一个方形木匣内，现在放在家里祭供，一直到把他带回故乡去安葬。因为爸爸说，一定要使他回到故乡。

第二信　给祖父（英子十四岁）

亲爱的祖父：

您的来信收到了，看见您颤抖的笔迹，我回想起五年以前您和祖母来北平的情况，那时候瓞叔还没有被日本人害死，我们这一大家人是多么快乐！您的胡须，您的咳嗽的声音，您每天长时间坐在桌前的书写，都好像是昨天的事。如今呢？只剩下可怜孤单的我们！

您来信说要我们做“归乡之计”，我和妈妈商量又商量，妈妈是没有一定主张的，最后我们还是决定了暂时不回去。亲爱的祖父，您一定很着急又生气吧？禀告您我们的意见，看您觉得怎么样。

我现在已经读到中学二年级了，弟弟和妹妹也都在小学各班读书，如果回家乡去，我们读书就成了问题。我们不愿意失学，但是我们也不能半路插进读日本书的学校。而且，自从瓞叔在大连被日本人害死在监狱以后，我永远不能忘记，痛恨着害死亲爱的叔叔的那个国家。还有爸爸的病，也是自从到大连收拾瓞叔的遗体回来以后，才厉害起来的。爸爸曾经给您写过一封很长很长的信，报告叔叔的事，我记得他写了很多个夜晚，还大口吐着血的。而且爸爸也曾经对我说过，祖父年轻的时候，日本人刚来到台湾，祖父也曾经对日本人反抗过呢！所以，我是不愿意回去读那种学校的，更不愿意弟弟妹妹从无知的幼年就受那种教育的。妈妈没有意见，她说如果我们不愿意回家乡，她就和我们在这里待下去，只是要得到祖父的同意。亲爱的祖父，您一定会原谅我们的，我们会很勇敢地生活下去。就是希望祖父常常来信，那么我们就如同祖父常在我们的身边一样的安心了。

妈妈非常思念故乡，她常常说，我们的外婆一定很盼望她回去，但是她还是依着我们的意思留下来了，妈妈是这样的善良！

第三信　给堂兄阿烈（英子十六岁）

阿烈哥哥：

自从哥哥回故乡以后，我们这里寂寞了许多。我和弟弟妹妹打开了地图，数着哥哥的旅程，现在该是上了基隆的岸吧？我们日日听着绿衣邮差的叩门声，希望带来哥哥的信，说些故乡的风光！您走的时候，这里树叶已经落光了，送您到车站，冷得发抖，天气冷，心情也冷。您自己走了，又带走了爸爸的骨箱。去年死去了四妹，又死去了小弟，在爸爸死去的两年后，我们失去了这样多的亲人。算起来，现在剩下我们姊弟五个和可怜的妈妈。送哥哥走了以后，回到家里来，妈妈说天气太冷了，可以烧起洋炉子来，虽然屋子立刻变暖，可是少了哥哥您，就冷落了许多。您每天晚上为我们讲的《基度山恩仇记》还没有讲完呢！许多个晚上，我们就是打开地图，看看那一块小小地方的故乡。

妈妈一边向炉中添煤，一边告诉我们说：故乡还是穿单衣的时候。是么，哥哥？那么您的棉袍到了基隆岂不是要脱掉了吗？妈妈又说，故乡的树叶是从来不会变黄、变枯而落得光光的；水也不会结冰，长年地流着。椰子树像一把大鸡毛掸子；玉兰树像这里的洋槐一样普遍；一品红也不像这里可怜地栽在小花盆里，在过年的时候才露一露；还有女人们光着脚穿着拖板，可以到处去做客，还有，还有……等等，故乡的一切真是这样的有趣吗？您怎么不快写信来讲给我们听呢？

妈妈说，要哥哥设法寄这几样东西：新竹白粉、茶叶、李咸①和龙眼干。后面几项是我们几个人要的，把李咸再用糖醃渍起来的那种酸、甜、咸的味道，我们说着就要流口水啦！妈妈说，故乡还有许多好吃的东西，在这里是吃不到的，最后妈妈说："我们还是回台湾怎么样？"我们停止了说笑声，不言语了，回台湾，这对我们岂不是梦吗？

---

① 疑为福建小吃"李咸饼"。

第四信　给堂兄阿烈(英子十七岁)

阿烈哥哥:

您的来信给我们带来了最不幸的消息——亲爱的祖父的死。失去祖父和失去父亲一样地使我们痛苦,在这世界上,我们好像更孤零无所依靠了。北方的春天虽然顶可爱,但是因为失去了祖父,春天变得无味了！有一本祖父用朱笔圈过的《随园诗话》,还躺在书桌的抽屉里。我接到哥哥的信,不由得把书拿出来看看,祖父的音貌宛在,就是早祖父而去的父亲、小弟、四妹也一起涌上了心头。我常常想,这些事情都不是真的——失去了许多亲人。我在小小年纪便负起没有想到过的责任;生活在没有亲族和无所依赖的异乡,但摆在面前的这一切,却都是真的呢！我每一想到不知要付出多少勇气才能应付这无根的浮萍似的漂泊异乡的日子时,就会不寒而栗。我有时也想,还是回到那遥远的可爱的家乡去,赖在哥哥们的身旁吧,但是再一念及我和弟妹们受教育问题,便打消了回故乡的念头。我们现在是失去了故乡,但是回到故乡,我们便失去了祖国。想来想去,还是宁可失去故乡,让可爱的故乡埋在我的心底,却不要做一个无国籍的孩子。

昨天我在音乐课上学了一首《念故乡》的歌,别人唱这个歌时无动于衷,我却流着心泪。回到家里,我唱了又唱,唱了又唱。弟弟还说:“姊姊干嘛唱得那么惨！”可爱无知的弟弟哟！你再长大些,就知道我们失去故乡的痛苦的滋味,是和别人不同的。

您问我们这个新年是如何度过的,还不是和往年一样,把几个无家可归的游魂邀到家里来共度佳节?今年有张君和李君,他们三杯酒下肚,又和妈妈谈起家乡风光来了。这一顿饭直吃得杯盘狼藉,李君醉醺醺地说:"回去吧,英子!回去吃拔仔,回去吃猪公肉!"哥哥,他们的醉话和我的梦话差不多吧!我曾听张君说过的,他们如果回去的话,前脚上了基隆的岸,后脚就会被警察带去尝铁窗风味呢!但是我知道,他们思念家乡比我还要痛苦的!我虽然这样热爱故乡,但是回忆起来,却是一片空白。故乡是怎样的面貌啊!我在小小的五岁时就离开她,我对她是这样地熟悉,又这样地陌生啊!

上次给哥哥寄去的照片,您说有一位同村的阿婆也认出说,"这是英子!"我太开心了,我太开心了,我居然还没有被故乡忘掉吗?让我为那位可爱的阿婆祝福,希望在她的有生之年,我们有见面的一天吧!

第五信　给堂兄阿烈(英子二十八岁)

阿烈哥哥:

给您写这封信是怀着怎样的心情,真是形容不出来!哥哥,您还认得妹妹的笔迹吗?自从故乡大地震的那一次,您写信告诉我们说，家人已无家可归，暂住在搭的帐棚里，算来已经十年不通信了。这十年中，您会以为我忘记故乡了吗？实在是失乡的痛苦与日俱增，岁岁月月都像是在期待什么，又像是无依无靠无奈何。但是真正可期待的日子终于到临。八月十五日的中午，所有的日本人都跪下来，听他们的“天皇”广播出来的降书。我在工作了四年的藏书楼上，脸贴着玻璃窗向外看，心中却起伏着不知怎样形容的心情，只觉得万波倾荡，把我的思潮带到远远的天边，又回到近近的眼前！喜怒哀乐，融成一片！哥哥，您虽和我们隔着千山万水，这种滋味却该是同样的吧？这是包着空间和时间的梦觉！

让我来告诉哥哥一个最好的消息，就是我们就预备还乡了。从一无所知的童年时代，到儿女环膝地做了母亲，这些失乡的岁月，是怎样挨过来的？雷马克说：“没有根而生存，是需要勇气的！”我们受了多少委屈，都单单是为了热爱故乡，热爱祖国，这一切都不要说了吧，这一切都譬如是昨天死去的吧，让我们从今抬起头来，生活在一个有家、有园、有根、有底的日子里！

哥哥您知道吗？最小的妹妹已经亭亭玉立了，我们五个之中，三个已为人妻母，两个浴在爱河里。妈妈仍不见老，人家说年龄在妈妈身上是不留痕迹的！而我们也听说哥哥有了四千金，大家见面都要装得老练些啊！

妹妹和弟弟有无限的惆怅，当他们决定回到陌生的故乡时，却又怕不知道故乡如何接待这一群流浪者，够温暖吗？足以浸沁孤儿般的涸干吗？

哥哥，千言万语，不知从何说起，您就准备着欢迎我们吧！对了，您还要告诉认识英子的那位阿婆（相信她还健在）英子还乡的消息吧，我要她领着我去到我童年玩耍的每一个地方，我要温习儿时的梦。好在这一切都不忙的，我会在故乡长久、长久、长久地待下去，有的是时间去补偿我二十多年间的乡恋。哥哥，为我吻一下故乡的泥土吧！再会、再会、再会的日子是这样地近了！

后记

《英子的乡恋》是我在一九五一年三月写的，到如今刚好十三个年头儿了！日子有飞逝的感觉。这几封信虽不一定每封都是真的写过的，但却是我当时真实的心情和真实的生活情景。写时倾泻了我的全部的情感，因此自己特别珍爱这篇小文。也许别人读了无动于衷，那倒也没有什么关系。

先祖父林台（号云阁）先生在世时，是头份地方上受人尊敬的长者，做过头份的区长。他在世时，每年回一次祖籍广东蕉岭。我们过海台湾已经五六代了。先父林焕文先生是先祖父的长子，他毕业于日据时代的国语学校师范部，精通中日文。毕业后曾执教于新埔公学校，因此台湾文艺社的社长吴浊流先生做过先父的学生。现在吴先生六十多岁了,还在热心地提倡文艺,先父却在四十四岁的英年因肺疾逝世于故乡北平。吴先生讲起受教于先父的日子时,热泪盈眶。他说那时他才不过十一岁,如今记忆犹新。他说先父风流潇洒,写得一笔好字,当先父写字的时候,吴先生常在一旁拉纸,因此先父就也写了一幅《滕王阁序》送给他。五十年了,当然这幅字没有了,记忆却永留,这不就够了吗!

先父后来到板桥的林本源那里做事,我母亲是板桥人,所以他娶了母亲。他后来到日本大阪去,在那里生下了我。我的母亲告诉我,我们从日本回台湾时,我三岁,满嘴日本话,在家乡头份,我很快学会说客家话,不久,先父到北京去,我跟着母亲回她的娘家板桥,我又学说闽南话。然后,五岁到北京(我所以说北京,因为那时是一九二三、二四年,还叫北京)。据母亲告诉我,我当时的语言紊乱极了,用日本话、客家话、闽南话、北平话表达意见。最后,很快的,就剩了一种纯正的语言——北平话。我现在只能听懂和说极少的客家话,虽能说全部的闽南话,但是外省朋友听了说:“你的台湾话我听得懂!”本省朋友听了说:“你是哪里人,高雄吗?”这是因为高雄地区的闽南话比较硬的缘故吧!而且闽南话系有七声,北平话只有四声,用四声去说七声的话,所以有荒腔走板的毛病。

文中阿烈哥哥是我的堂兄林汀烈先生。当年先父要他到北平去读书，他却一心一意地爱上了戏剧学校，他想去考，先父不答应。戏剧学校虽然没进成，却自己学会了一手好胡琴。我曾跟他开玩笑说："你如果当年真进了戏剧学校，跟宋德珠、关德咸他们是同辈，说不定你林汀烈真成了名须生呢！"阿烈哥哥是个老实人，他在光复初任职于中广公司，后来回家乡，现任职于头份镇公所。

我的第二故乡是北平，我在那里几乎住了一个世纪的四分之一。因此除了语言以外，我也有十足的北平味儿，有些地方甚至"比北平人还北平"。

文中提到的瓞叔，是我最小的叔叔林炳文先生，他当年和朝鲜的抗日分子同在大连被日本人捉到，被毒死在监狱里。先父去收尸回来，才吐血发肺病的。瓞叔最疼爱我，我在北平考小学，是他带我去的，第一次临柳公权玄秘塔的字帖，是他给我买的。

我现在每次回头份时，瓞婶见了我，触动她的伤心事，总要哭一哭。

我现在很怀念第二故乡北平，我不敢想什么时候才再见到熟悉的城墙、琉璃瓦、泥泞的小胡同、刺人的西北风、绵绵的白雪……既然不敢想，就停下笔不要想了吧！

一九六四年四月

故乡一日

今天阴雨，乘坐在直达故乡的公路车里，闻着低气压下流散不出去的汽油味，我想着往事。

上次回故乡，是大前年的事了，为了参加堂弟阿棋的婚礼。当晚是住在幼美姑姑的家里。幼美姑姑是爸爸最小最淘气的妹妹，我是爸爸最大最调皮的女儿，我想这是幼美姑姑特别喜欢我的原因。

那次，记得天没亮幼美姑姑就起床了，我在睡梦中听见鸡叫声，以为是公鸡报晓，翻个身又睡了。等到早晨起来，梳洗完毕来到饭桌前，看见满桌饭菜中，有一大盘是我最爱吃的白斩鸡，才知道黎明前的那声鸡叫，正是它被姑姑宰割时呢！

客家人是三餐吃干饭的，但是我却没有这种习惯，我早被都市的恶习和夜读夜写的生活折腾得常常是不吃早点却吃消夜的，但是我仍然食欲旺盛地饱餐了这顿早饭。我想我所以发胖，太适应任何食物和任何吃法也是主要的原因吧！

吃了早饭我就忙着赶车回台北，姑姑帮着我收拾提包，把熟鸡腿包了塞进提包里，象征着我吃了鸡腿便可以多走动，常常回家了，所以临走时她问我：

“英子几多时再转来？”

我看着屋外姑姑种的满园子番茄，已经累结了青实，朝阳正照向它们，我说：

“谁知道！也许几个月，也许几年。”

姑姑说：“嗤！”她不满意我的答复。

果然几年过去了，我才又一次回来故乡，这次是为了伯母的整寿。

车驶进故乡小镇的街上来了。故乡近年的进步是突飞猛进的，最大的工厂开设在这里，景象是不同些。我很担心，如果没有人来接车，我下了车，应当朝哪个方向走？如果沿门打听，也许问到的小朋友正是我的侄甥们，岂不正造成“儿童相见不相识，笑问客从何处来”的事实？

还好，车子驶到总站，我已经从车窗看见另一个堂弟阿桢等候在那里了，我多高兴！下车来，他告诉我，因为我信中没有写明车次时间，他和阿烈哥是从早上就轮班在这里等我的。

伯母已经搬到小镇的边边上去了，要走一些田间的小路，雨天脚下泥泞，幸好我穿了雨套鞋来。我跟在阿桢的后面走，忽然想起什么，问他：

“阿桢，你几个孩子了？”

“七个。”

“哟！”吓了我一跳。在我的记忆中，他有三个或四个，已经觉得不少了，几时增加到七个啦？只是在这几年我没有回来，就变成这样多了吗？

我的惊奇，使他回过头来，向我笑笑。他的笑，也使我想起了他的父亲——我的屘叔；最小最先死去的叔叔。

我永远忘不了我第一次回来的情景，屘婶拉着我的手哭着说：“转来好，转来好，你的爸爸和屘叔怎么就没有转来的命呢？”我忍不住失声痛哭，哭尽了我心中的委屈——屘叔叔和爸爸死在异乡以后，我们所受到的委屈一股脑儿都从心底涌上来。

屘叔死的时候，我还是一个小小女学生，但是对于屘叔，我有极深刻的印象，片片段段的，都能从回忆里，清楚地回到眼前。母亲曾说过，屘叔的脾气古怪，可是我就从来没有觉到过。他风度翩翩，比起高颧骨、凹眼睛的爸爸，要漂亮得多。

屘叔给我最初的记忆，就是他对我刚开始入学读书时的帮助很大。我第一次去考小学，就是㕧叔带着我。一个北平夏季的大雨天，我从考场出来，看不见㕧叔就哭了，等他从后面赶过来拉起我的手时，才因心安而破涕为笑。以后，我常常被这双温暖的大手携着，他带我去游公园，去买书去听戏。我初学毛笔字的时候，㕧叔特地到琉璃厂买了一本柳公权玄秘塔字帖给我，这本字帖用了许多年，一直到㕧叔死去，它还平静地躺在我的书包里。

㕧叔是祖父最小的儿子，祖母最疼爱的。父亲在日本做生意的时候，他也被父亲带到日本读书。后来父亲的生意失败，带母亲和我到北平去谋事，不久把㕧叔也接到那里去读书。㕧叔和父亲的年龄相差十多岁，两个人的生活、思想大不相同，虽然父亲一向都是爱护家人的。

几年以后，㕧叔又把㕧婶和阿桢弟接到北平。不久，他们就离开父亲另住。就是因为他们兄弟之间的思想距离太大。

后来，㕧叔和朝鲜的抗日分子来往，他们计划发动什么事情的时候，因为事机不密，一到大连就被日本人捉去，结果被毒死在监狱里。当㕧叔的照片登在一张日本的报纸上时，父亲看了痛哭起来。那张照片上的㕧叔瞪圆着眼，两手交胸，我从来没有看见过他这么凶的样子。父亲接到㕧叔的死讯后，亲自到大连去收尸，回来不久便发了吐血的毛病。当时祖父写信来，为这件事责备父亲。我记得父亲一连几夜没有睡觉，给祖父回信，写了几十页，把信纸粘接起来寄出去，就像一卷书。

屘叔唯一的儿子，小时曾经是我的游伴的阿桢弟，现在竟做了七个孩子的爸爸啦！人生真难料！

我一边走一边痴想，走过弯弯曲曲的田边的小路，眼前就到了家。

七十整寿的寿星，正和大家一样，光着脚在泥地上走，她忙着呢！来往于自己住的小屋子，和借来请客的邻居地主的大房子。我向她拜寿，掏出代表台北全体的寿礼红包来，她抹着眼泪说："来就好！"

我被带进湫隘狭窄的小屋，里面乌压压的，满屋子人，都是些三姑六婆二舅母这样的亲戚们，小孩子惊奇地望着被称做"唐山阿姑"的我。她们告诉我，哪个和哪个是谁谁的孩子，都是甥侄辈；我只能说，我的不知名的甥儿侄儿，像山上不知名的花儿那样多！

酒席开十桌，够豪华的。上到第十个菜，上菜的人说，才不过是一半哪！谁说乡下人俭省？吃着"大肠肚子咸菜汤"、"洋葱煮鱼丸"这样的菜，我问邻座的姑姑，这是什么料理？谁在厨房主持？姑姑严肃地回答我说："好料理。你的三婶、屘婶、大嫂都在厨房里。"

当别人正吃得津津有味的时候，我忽然没有了胃口，有一股气味向我的鼻孔侵袭。我来找，一回头，发现身后的木板墙那边正是牛槽，那就难怪了。我很想捏起鼻子，但是我凭什么要这样做？只因为我是都市的宠儿？都市的空气比这里更清洁？更何况在我的生命史中，幼年也有过两年乡下生活的纪录呢！我这么想着，不禁笑了。姑姑误会了我的笑容，她说："好料理吧？"我点点头。

酒席吃完了，我到凤姊家去休息。凤姊说晚上要请我听戏，正旅行到镇上来的阿玉的戏班子是非常叫座的。她去买票，我浏览着凤姊这幢新建的房子，满挂着祝贺镜框和对联。姊夫原来有一辆"拖拉库"由他自己驾驶，做些运输煤炭或其他物品的生意，但现在他是民意代表了，所以墙上的镜框都是书写着"民之喉舌"、"为民造福"等等的字样。

这时在寿婆那里帮忙的婶婶、嫂嫂们都来了，她们忙了大半天，都还没跟我说上话呢！瓩婶还是那么清瘦和忧郁。她见我总是忍不住冲动地轻叫着：

"英子！"然后哭泣了。

看见我会使她想起她这一生的转捩点——在冰天雪地的北方，在正被人家艳羡的生活中，她骤然失去了那青年英俊的丈夫——瓩叔。她现在虽然做了七个孙儿女的祖母，但他们怎抵得过那一个属于她的瓩叔呢！

这时屋里全静下来了，只听瓩婶一个人的饮泣声，没有人劝解她。也许大家都知道（也都有过这经验吧！）让她哭泣一阵，心中的郁闷发泄出来，不是无益的事情。

但我还是要打破这沉重的气氛，我从皮箧中取出一叠我的近照，递给厩婶，说：

“您看这些都是我。”

这样，她才停止哭泣，含泪微笑地一张张看着。我送给每人一张，她们都珍重地收起来。

晚上听戏，是凤姊大请客，我们一群妇孺，结队前往。婶婶要我脱下“踢死牛”的尖头皮鞋，她不信那双鞋会使我舒服，于是我换上了木屐，招摇过市。

幼美姑姑是戏包袱，关于戏的一切她都知道。她告诉我，阿玉母女的戏班子是跑乡镇有名的。她的女儿们都是初中毕业后参加戏班，所以不可以轻视呀！

这一晚的戏听完看完以后，太使我开心了！她们所演的，应当是称为“地方戏”的那一种，但是我看了后，觉得这种戏已经打破了“地方”的观念，就是对于“时间”的看法，也应当另具眼光。它像现在人们所争论的现代诗或现代画一样，称之为现代戏，是无愧的！因为在这出号称香艳、悲伤、警世、武打的戏里，它的乐器包括胡琴、二胡、单皮、锣鼓、萨克风、小提琴……为什么不可以呢？她们所唱的既然有歌仔戏、流行曲、西皮摇板、采茶相叻调等等，当然就得这些乐器来配合。她们既然穿了古装唱流行歌曲，那么饰演花花公子的穿了粉红缎子香港衫戴了水手帽，又有何可挑剔的呢？

因此，她们在一台戏里，也就忽而客家语，忽而闽南语，忽而国语不足为奇了！唱到一半，女主角又凭什么不可以从后花园赠金给公子后，跑到台前来用播音小姐的腔调、穿着古装，站在麦克风前预报明天的戏目、请君早临呢？所以，当我看了最后一幕以“拥吻，幕徐徐落下”而结束时，不禁向台上发出会心的微笑了。

科学的进步，时间和空间的距离与间隔都缩短了，错置了；我们既然可以在收音机里、电视机里听到和看到过去的真实的声音和情况，为什么古今中外不可以在戏台上融于一堂？现代的艺术家也告诉人，美和丑是难以界分的。这一台戏给了你非常“现代”——一种清清楚楚可又模模糊糊的感觉。这一切，怎不教人开心呢！

我和所有的观众一样满意地踏上归途。

我这次是回到凤姊的家来歇一晚。在没有垫褥的榻榻米上，凤姊给了我一床十斤大棉被和一个小硬枕头。我不能嫌不舒服，我应当记着，幼年的我，是曾经有过两年这种睡觉方式的纪录呀！人能忘本么?!

临睡前，凤姊过来了，她说：

“明天不能再留一天吗?”

我摇摇头说：

“不能，故乡虽有趣，但我明天还要工作，一早就走。”

她到外屋去,我听她和她的女儿在说什么,又有搬动碗盘的声音。我想,她一定在切鸡腿、分红龟粿,一包包让我带到台北去分给众人,但不知这次吃了象征着常常走动的鸡腿,下次回故乡会在什么时候?

一九六〇年

绢笠町忆往

绢笠町忆往。写下了这个题目，我自己好笑起来了，可别蒙骗读者呀！绢笠町对你，究竟有多少往事可供回忆嘛？那么，我就换一种解释，我是说，我要回忆前往绢笠町的那回事儿。

听说大阪人是财大气粗的那种人，他们一向瞧不起东京人的小器。因此，当我想到大阪人的时候，总想象成他们是“好酒大碗筛上来”的那种神态。又说，他们说的话，也缺少了东京人那种一句话后面跟着一客套的礼貌。这种情形也往往会使我拿北京旗人和山东老粗儿来做对比。

大阪离开东京有五百多哩地，东海道新干线的火车，自东京新桥车站开出，只要四小时就到了新大阪站，这还是一九六五年十月以前我去的时候的事。十月以后，又缩短了一小时，只要三小时就从关东到了关西。交通的进步，真是可怕又可爱。

我计划去一趟大阪去看看的心情有好几十年了（这个数目字我并没有写错）。我去，并不是为了看财大气粗的大阪人，也不是要领略日本那句俗话“玩儿死东京，吃死大阪”的滋味。自从我知道我是出生在大阪的“回生病院”以后，我就总想着有一天我会再来到这地方的。

我母亲回忆往事的时候，有一个习惯，如果她要赞美或形容某个地方、某件事情，总要先发出几声“啧啧”，才开始话题。这使我觉得很好笑，但是我总也还是怂恿着她说下去，虽然是一遍又一遍的老话，我们不知听过多少次了。她说：

“啧，我不是跟你说过吗？大阪水多桥也多，回生病院的前面就是一座桥。过了桥，有一个公会堂，梅兰芳第一次到大阪唱戏，就在那儿。那年你正生病住在回生病院里。啧啧，晚上在病房里，打开窗户，隔着河，就可以听见那边传过来的锣鼓声了。啧！”

“还有呢？”

其实，“还有”的我都熟知了，但是让母亲来说，也是她的一种享受。所以母亲拢拢她的苍苍白发又说了：

“看护妇都跟你混熟了。”

“为什么？”

“总爱生病呀，一生病就是送到回生病院去住院，每次去，看护妇们就都一路喊着‘英子又来了’地跑过来看你。”

你看，我想得出那个女婴，受着像公主一般的宠爱，难怪我要“忆往”了。

一九六五年八月底，我一路从早已秋高气爽的旧金山追着热浪回到东方来。我先在东京、京都转了几天，然后那天早上，我独自一个乘上早晨八点自东京开出的东海道线“光”号直达火车，十二点到达新大阪。新大阪到大阪，还得换乘一段车，好在为时不长，而且我在火车上已经买过一个便当吃了，算做我的晨午合餐。

下了车，我随着人潮往外涌；到这时为止，我不但对这个日本第二大城的地理环境的认识毫无准备工作，就连我的出生地回生病院是在哪条街上都不知道。母亲既然屡次地说，这是当年大阪数一数二的大医院，我还怕找不到它吗？

在要走出火车站的廊下，我看见一个女孩子摆的香烟摊上有各种花花绿绿的册子卖，果然我在其中找到了大阪市区地图。这张地图很好，翻过背面，还印着许多索引、指南。在官厅、公所、学校……一览里，我看见“病院”一栏，罗列了二十几家医院，却没有那家数一数二的回生病院。仔细看看，原来所有的全是公家医院，这就难怪了。

我回过头来问香烟摊的小女孩，知道不知道回生病院，她连说知道，离火车站不远。据她比手画脚所指示给我的路途，仿佛不用三弯两拐就到了。我真高兴，谢了她，出了火车站，还是叫了一辆计程车前往。我旅行每到陌生地方，如果时间有的多，我也还是喜欢拿了地图，自己乱走乱闯一阵的，但是我这次预备以一天时间大阪、东京打来回，为争取时间，即使再近，也懒得按图索骥了。

我在车上想，到了回生病院，我找谁呢？说明我在这家医院出生的、想来拜访一下的几句简单的日本话，虽然早已经学好怎么说了，可是再接下去，实在也不会多说了。好在是跟日本人说话，可以连说带写，同文同种嘛！……还没想通呢，绢笠町到了，回生病院到了，我的出生地到了。

我下了车，先看看环境。回生病院就在绢笠町的一个巷口。它和想象中母亲所告诉我的，毕竟也还是不同。巷子不大，巷口外果然对着一座桥。回生病院不是一个建筑伟观的大医院，虽然是楼房，但很普通，楼旁竖立着一块广告牌，注明医院科别，是一家全科医院。

我上了几层台阶，进到医院里。这时已经是时过中午，所以候诊处只剩寥寥无几等待取药的人。在公共场所里，一个人的进出，是不会引人注意的，我便也在候诊长椅上坐了下来。迟疑了一会，我才走向对面的办公处，用生硬的日语问他们，有没有能讲英语的人？我想如果有会说英语的，我们就可以多一种表达的工具了。办公的小姑娘听说，立刻从后面请来了一个小老头儿和我交谈。

我对他说，我是出生在这家医院的中国人，这是我四十多年第一次重临我的出生地。我说我是旅行美国归来，特别计划来访问的，我想看一看我的病历，看看我的出生或住过的病房什么的。我又告诉他，我出生后的第一种语言，是日本话，可惜如今快忘光了。小老头儿听了，又惊奇又高兴。他告诉我说，病历是每十年作废一次，当然无法找到了。病院的建筑，虽然没有毁于站争，但部分却遭火灾重建过。不过，他想了想说：

“我带你去见见妇产科的看护妇长，她在这里几十年了，说不定你还是在她的照顾下出生的呢！”

这时已经一点多了，妇产科很清闲，老看护妇长带着几个小姑娘看护妇在闲聊，看见我们进去，当然很奇怪，小老头儿给我介绍看护妇长丹尾女士，并且告诉她我的事。丹尾很兴奋，跟我计算我的出生和后来生病的年月，再算算她自己来这里工作的年月。结果，她来这家医院还在我出生后四五年呢！算起来，我在这医院比她资格还老。我们说了都不免大笑起来。

小姑娘们也好奇而又亲切地招呼我，几个人领着我参观病院。告诉我什么地方是烧过了重建的，什么地方是原来的妇产科。在穿过一条甬道到另一座旧楼去时，丹尾告诉我，以前的产房便在这座楼里。旧楼似乎只派些贮存室的用场了，而当我们来到一间灰暗的、空闲着的小屋时，丹尾告诉我，“这儿，就是你的出生地了！”

她又站在这间不过六席大的房间，比画着说，生产台就放在这里，虽然她比我晚来了五年，但是在她来以前的许多年，这里一直是做为产房的。

几十年来憧憬着的出生地，达到已重临一访的目的后，满足了，也就没什么稀奇了。这房间还是日本式铺着席的，现在因为被前面的大楼遮住了，所以即使在过了中午不久，竟也一点光线也没有，怪不得现在弃置不用。

这间灰扑扑的暗室，到底也给了我一些亲切感，我老远地跑到大阪来，不过是为了看看它。路程是这样的遥远，目的是这样的单纯。我想告诉他们，我的母亲在这间小屋生我的时候，她也不过才十六岁，一个娇小美丽的女子；我也想告诉他们，我的父亲是一个风流潇洒的男子，当他一街转一街，一家转一家，从天黑喝酒到天明时，我的母亲在异国的旅居中，夜夜等待着迟归的丈夫，从无怨言。但是，因为辞不达意，我并不能把我的感觉表达出来，只好环顾清凉的四壁，发发愣就出来了。

我谢了他们的好意，这样热情地招待我，他们一直陪我走出了医院，又向那桥上走去。小老头儿告诉我，桥名“水晶”，好清爽的名字！可是他在我的记事簿上用英语写下的却是 Pearl Bri.，珍珠桥，也一样的好听。

过了桥就是夹在堂岛川和堀川两条河的“中之岛”浮洲了，我们站在桥头上，观望四外的景致。大阪是被称为“烟之都”的日本工业城，人口二百万，还在天天增加。他们自夸说掌握了天下财富的百分之七十。“天下”，当然是指的日本自己，这语气虽然是财大气粗，但也是事实。我的父亲曾在这附近开了一家东成商会，我不知道他做的是什么生意，只知道失败以后，才到距离家乡更远的北京去打天下。唯一给我留下印象的，是那个玲珑小巧的小保险箱，喷漆皮上印着的“东成商会”四个金字。母亲后来用它来装她的珍藏。

再向隔岸看去，只有一座大建筑物，想必那就是当年梅兰芳唱戏的地方了。我不能想象在那相当远的距离下，怎么会推开医院的窗户就可以听见锣鼓声。但是想想也可能的，声音在静夜中自水上飘流过来，也许比空气更有效。于是我指着那个大楼，在记事簿上写了“梅兰芳”三个字，并且告诉他们四十多年前的往事。

到这儿，我访问我的出生地，可以告一段落了。人们一定会说，她出生的地方既不够神秘，大阪人也并不全那么粗声粗气，这一回的绢笠町忆往，好平凡！

一九六五年

我的童玩

我的“小脚儿娘”

老九霞的鞋盒里，住着我心爱的“小脚儿娘”，正在静静地等着她的游伴——李莲芳的“小脚儿娘”。

夏日午后，院子里的榆树上，唧鸟儿（蝉）拉长了一声声“唧——唧——”的长鸣。虽然声音很响亮，但是因为单调，并不吵人，反而是妈妈带着小弟弟、小妹妹在这有韵律的声音中，安然地睡着午觉。只有我一个人，兴奋地在等着李莲芳的到来——我们要玩小脚儿娘。

一放暑假，我就又做了几个新的小脚儿娘。一根洋火棍，几块小小的碎花布做成的小脚儿娘，不知道为什么给我那么大的快乐。

老九霞的鞋盒，是小脚儿娘的家；鞋盒里的隔间、家具，也都是我用丹凤牌的洋火盒堆隔成的。如果是床，上面就有我自己做的枕和被；如果是桌子，上面也有我剪的一块白布钩了花边的桌布。总之，这个小脚儿娘的家，一切都是照我的理想和兴趣，最要紧的，这是以我艺术的眼光做成的。

最让人兴奋的是，中午吃饭的时候，我准备了一个用厚纸折成的菜盒，放在坐凳我屁股旁边。等爸爸一吃完饭放下筷子离开饭桌时，我的菜盒就上了桌。我夹了炒豆芽儿、肉丝炒榨菜、白切肉等等，装满一盒子。当然，宋妈会在旁边瞪着我。不管那些了，牙签也带上几根，好当筷子用。

李莲芳抱着她的鞋盒来了。

我们在阴凉的北屋套间里，展开了我们两家的来往。掀开了两个鞋盒，各拿出自己的小脚儿娘来。我用手捏着只有一条裤管脚和露出鞋尖的小脚儿娘，哆哆哆地走向李莲芳的鞋盒去，然后就是开门、让座、喝茶、吃东西、聊闲天儿。事实上，这一切都是我俩在说话、在喝茶、在吃中午留下来的菜。说的都是大人说的话，趣味无穷。因为在这一时刻，我们变成了家庭主妇，一个家的主妇，可以主动，可以发挥，最重要的是不受制于大人。

从六岁到六十岁

旧时女孩的自制玩具和游戏项目，几乎都是和她们学习女红、练习家事有关联的。所谓寓教育于游戏，正可以这么说的。但这不是学校的教育课程，而是在旧时家庭中自然形成的。

我五岁自台湾随父母去北平，童年是在大陆北方成长的，已经是十足北方女孩子气了。我愿意从记忆中找出我童年的游乐、我的玩具和一去不回的生活。

昨天，为了给《汉声》写这篇东西和做些实际的玩具，我跑到沅陵街去买丝线和小珠子，就像童年到北平绒线胡同的瑞玉兴去挑买丝线一样。但是想要在台北买到缠粽子用的丝绒线是不可能的了。我只好买些粗的丝线和穿孔较大的小珠子，因为当年六岁的我和现在六十岁的我，眼力的使用是不一样啊！

用丝线缠粽子，是旧时北方小姑娘用女红材料做的有季节性的玩具。先用硬纸做一个粽子形，然后用各色丝绒线缠绕上去。配色最使我快乐，我随心所欲地配各种颜色。粽子缠好后，下面做上穗子，也许穿上几颗珠子，全凭自己的安排。缠粽子是在端午节前很多天就开始了，到了端午节早已做好，有的送人，有的自己留着挂吊起来。同时做的还有香包，用小块红布剪成葫芦形、盖形、方形，缝成小包，里面装些香料。串起来加一个小小的粽子，挂在右襟纽袢上，走来走去，美不唧唧的。除了缠粽子以外，也还把丝绒线缠在卫生球(樟脑丸)上。总之，都成了艺术品了。

珠子，也是女孩子喜欢玩的自制玩物，它兼女性学习做装饰品。我用记忆中的穿珠法，穿了一副指环、耳环、手环，就算是我六岁的作品吧！

抓 子 儿

北方的天气，四季分明。孩子们的游戏，也略有季节的和室内外的分别。当然大部分动态的在室外，静态的在室内。女孩子的女红兼游戏是在室内多，但也有动作的游戏，是在室内举行的，那就是"抓(ㄓㄨㄚ)子儿"。

抓子儿的用具有多种，白果、桃核、布袋、玻璃球，都可以。但玩起来，它们的感觉不一样。白果和桃核，其硬度、弹性差不多。布袋里装的是绿豆，不是圆形固体，不能滚动，所以玩法也略有不同。玻璃球又硬、又滑，还可以跳起来，所以可以多一种玩法。

单数(五或七枚)的子儿，一把撒在桌上，桌上铺了一层织得平整的宽围巾，柔软适度。然后拿出一粒，扔上空，手随着就赶快拣上一颗，再扔一次，再拣一颗，把七颗都拣完，再撒一次，这次是同时拣两颗，再拣三颗的，最后拣全部的。这个全套做完是一个单元,做不完就输了。

女性的手比较巧于运用,当然是和幼年的游戏动作很有关系。记得读外国杂志说,有的外科医生学女人用两根针织毛线,就是为了练习手指运用的灵巧。

抓子儿,冬日玩的多,因为是在室内桌上。记得冬日在小学读书时,到了下课十分钟,男生抢着跑出教室外面野,女生赶快拿出毛线围巾铺在课桌上,抓起子儿来。

为了收起这些玩具写给《汉声》,我买来一些白果,试着玩玩。结果是扔上一颗白果,老花眼和略有颤抖的手,不能很准确地同时去拣桌上的和接住空中落下来的了。很悲哀呢!

除了抓子儿,在桌上玩的,还有"弹铁蚕豆儿"。顾名思义,蚕豆名铁,是极干极硬的一种。没吃以前,先用它玩一阵吧,一把撒在桌上,在两粒之中用小指立着画过去,然后捏住大拇指和食指,大拇指放出,以其中的一粒弹另外一粒,不许碰到别的。弹好,就可以拣起一粒算胜的,再接着做下去,看看能不能把所有的都弹光,弹光就算赢了。

跳绳和踢毽子

这两项游戏虽是至今存在,不分地方和季节的,但是玩具就有不同。跳绳，当然基本是麻绳，后来有童子军绳和台湾的橡皮筋。我最喜欢的，却是小时候用竹笔管穿的跳绳。放了学到琉璃厂西门一家制笔作坊，去买做笔切下的约寸长的剩余竹管，其粗细是我们用写中楷字的笔。很便宜地买一大包回来，用白线绳一个个穿成一条丈长的绳。这种绳子，无论打在硬土地上、砖地上，都会发出清脆的竹管声，在游戏中也兼听悦耳的声音。

跳双绳颇不易，有韵律，快速。但是在跳绳中拣铜子儿，也不简单。把一叠铜子儿放在地上(绳子落地碰不到的地方)，每跳一下，低头弯腰下去拣一个铜子儿，看你赶不赶得上又要跳第二下！又跳，又弯腰，又伸手捡钱，虽不是激烈运动，却是全身都动的运动呢！

踢毽是自古以来的中国游戏，这玩具，羽毛是基础，但是底下的托子却因时间而不同了。在我幼年时，虽然币制已经把铜板改为硬币，但是遗留下来的制钱，还有很多用处，做毽子的底托，就是最好的。方孔洞，穿过一根皮带，把羽毛捆起来，就是毽子了。

自己做毽子，也是有趣的事。用色纸剪了当羽毛，秋天的大朵菊花当羽毛，都是毽子。而记忆中有一种为儿童初步学踢毽子的，叫“踢制钱儿”，两枚制钱用红头绳穿起来，刚好是小孩子手持到脚的长度即可。小孩子提着它，一踢一踢的，制钱打着布鞋帮子，倒也很顺利。

踢毽子到学习玩花样儿的时候，有一首歌可以念、踢，照歌词动作，“一个毽儿，踢两瓣儿。打花鼓，绕花线儿。里踢，外拐。八仙，过海。九十九，一百。”

念完，刚好踢十下，但是踢到第五下以后，就都是“特技”了！

活 玩 意 儿

小姑娘和年幼的男孩，到了春天养蚕，也可以算“玩”的一种吧！

到了春天，孩子们来索求去年甩在纸上的蚕卵，眼看着它出了黑点，并且动着，渐渐变白，变大。于是开始找桑叶，洗桑叶，擦干，撕成小块喂蚕吃。要吐丝了，用黑盒盖，包上纸，把几条蚕放上去，让它吐丝，仔细铲除蚕屎。吐够了做成黑盒里泡墨汁用的芯子，用它写毛笔字时，心中也很亲切，因为整个的过程，都是自己做的。

最意想不到的，北平住家的孩子，还有玩“吊死鬼儿”的。吊死鬼儿，是槐树虫的别名，到了夏季，大槐树上的虫子像蚕一样，一根丝，从树上吊下来，一条条的，浅绿色。我们有时拿一个空瓶，一双筷子，就到树下去一条条的夹下来放进瓶里，待夹了满满一瓶，看它们在瓶里蠕动，是很肉麻的，但不知为什么不怕。玩够了怎么处理，现在已经忘了。

雨后院子白墙上，爬着一个浅灰色的小蜗牛，它爬过的地方，因为黏液的经过,而变成一条银亮的白线路了。你要拿下来,谁知轻轻一碰,蜗牛敏感的触角就会缩回到壳里,掉落到地上,不出来了。这时,我们就会拉出了声音唱念着:

“水牛儿——水牛儿,先出犄角后出头。你妈——你爹,给你买烧饼羊肉吃呀!……”

在春天的市声中,又有卖金鱼和蝌蚪的。蝌蚪,北平人俗叫“蛤蟆骨朵儿”。花含苞未开时叫“骨朵儿”,此言青蛙尚未长成之意。北平人活吞蝌蚪,认为清火。小孩子也常在卖金鱼挑子上买些蝌蚪来养,以为可以变成青蛙,其实玻璃瓶中养蝌蚪,是从来没有变成青蛙过的,但是玩活东西,总是很有意思的。

剪纸的日子

一张张四四方方彩色的电光纸,对折,对折,再对折,小小的剪子在上面运转自如地剪起各种花样。剪好了,打开来,心中真是高兴,又是一张创作,图案真美,自己欣赏好一阵子,夹在一本爸爸的厚厚的洋书里。

剪纸,并不是小学里的剪贴课,而是北方小姑娘的艺术生活之一。有时我们几个小女孩各拿了自己的一堆色纸,凑在一起剪,互相欣赏,十分心悦。

等到长大些，如果家中有了喜庆之事，像爷爷的生日、哥哥娶嫂子，到处都要贴寿字、双喜字，我们就抢不及地帮着剪，这时有创意的艺术字，就可以出现了。

一九七八年十一月

冬生娘仔

母亲看见我为《汉声》杂志的“童玩”专辑做“小脚儿娘”，勾起了她的回忆。她记起在她六岁的时候，在家乡板桥和姊妹们也做一种叫做“冬生娘仔”的小脚娘，大家便要求她做几个给我们瞧瞧。她答应试试看，因为她的眼力不行了，而冬生娘仔的小脚，是要用半公分宽的白布条来缠的，她不知道她如今还做得了不。“我今年七十六岁了呢！”她对《汉声》记者感叹的说：“但是，也只有我们这种岁数的人才会做吧！”

看，过了两天，她真的给做来了。大大小小的冬生娘仔，做了许多个。她说：“做这些，使我想起我当年小孩子的时候，和我的大姊、二姊、堂姊，还有许多板桥的游伴一起玩冬生娘仔的事情。七十年喽！”林婆婆一边说着，一边把它们从一个远东公司的塑胶袋里拿出来。

好可爱的冬生娘仔。我们看见还有一些碎布和竹枝,就要求当面看她做。

母亲拿起了一根香脚——就是香烧过了的红色细竹枝棒。她将香脚头上轻轻弯过约半公分来,就在这半公分的转角上,用一条半公分宽的白布条缠来缠去,缠成一个小脚的形状来。小脚完成了,然后在香脚约三分之二高度地方,横捆另一小段香脚,成十字形。小脚的上面是一只裤管,十字架上面穿上一件女褂子,这就是冬生娘仔了。

很简单,因为是当她是六岁女孩子做的。但是缠那只小脚,却不简单,因为是按着真正缠足的次序缠下来的。

“为什么要玩缠小脚呢?”我们问。

“因为我们在玩缠小脚的时候,自己的脚已经真的缠过了!”

“林婆婆,你是几岁缠足的?”记者问。

“五岁。”

五岁?想想看,中国人的五岁,实际上只有四岁多,现在的孩子,不过刚进幼稚园,排排坐,吃果果呢,母亲却已经被大人用一条丈八长的裹脚布把脚缠上了。脚背骨已断,四个脚趾弯在脚心里,锥心地痛啊!夜里,大人还要把一双套鞋缝上,为的是怕小女孩夜里痛时拆开裹脚布。

母亲一面做冬生娘仔,一面谈起她过去缠足的痛苦经验(她是十二岁放足的)。这令过去女孩醉心的小小手工,实际上隐藏了多少辛酸哪!

"您也是把冬生娘仔放在鞋盒里的吗?"

"那时哪有鞋盒!我们是放在抽屉里的。小的,就放在番仔火(火柴)盒子里。"

"你们怎么玩冬生娘仔呢?也是像扮家家酒那样玩吗?"

"扮家家酒,北平人叫'过家家儿',我们台湾话叫'办公伙仔'。我们玩的时候,只是彼此交换自己做的冬生娘仔,欣赏配的衣裤好看不,缠的脚工整不。"

"玩到几岁呢?"

"女孩子到了八九岁,就开始学习做衣绣花了。因为那时女孩子到十岁就要结婚了,要学做许多女红呢,要真正地为自己做绣花鞋了。所以,玩冬生娘仔也就是玩到六七岁吧!"

冬生娘仔。是福建和台湾民间女孩子玩的,关于它的传说很多。据说她是花神转世,擅长刺绣,尤喜欢绣百花。怪不得女孩子都崇拜她。冬生娘仔只有一只脚,传说是被厉害的嫂子打断了一只。又传说她是在大年午夜时失足跌死的,所以冬生娘仔的祭日通常是在午夜。

女孩子们把所做的冬生娘仔祭供后烧掉,在烧掉以前,还要念一首祭歌,祭词多种,我们选录一种如下:

冬生娘仔冬丝丝。

教阮绣花，好针黹。

绣手绣脚，尖溜溜。

绣弓鞋，好鞋鼻。

教阮梳头，好后份。

教阮缚脚，落米升。

教阮排花，兼刺绣。

教阮灵敏，加能溜。

教阮盘马齿，光秃秃。

教阮画花，花枝清。

教阮画脚，柳枝明。

教阮嫁夫，夫婿和好百年荣。

听歌词，可以知道做冬生娘仔无非是培养女孩子们使成贤妻良母，教他们对于家事更感兴趣。

母亲使我们知道七十年前本省民间流行的女孩子游戏——“冬生娘仔”的做法和玩法，和在那个时代里这种游戏所以产生的背景和意义。

一九七八年八月

婆婆的晨妆

——缠足和篦发

五十多年前，我初结婚时，婆母常跟儿媳妇们谈起她做儿媳妇时代的生活，曾很感慨地说："那时候儿媳妇不好做呀！要起五更梳头，早起三光，迟起慌张嘛！"她又告诉我们，所谓三光是头、脸、脚。早起早梳洗，迟起误了到婆婆屋去请安的时候，是有失礼貌的。

那时梳头、缠足是费时的化妆。婆婆是缠足，我们知道她每天临睡前洗脚、缠足，总要弄到半夜才入睡。先是仆妇给她准备了几壶开水，她把开水灌入一个高脚的木盆里，慢慢烫洗。我们可以想象散开裹了一天缠脚布的脚，是多么地紧疼！如今可得好好泡泡，松快松快了。洗好擦干之后，还得在足缝里撒上"把干"的滑石粉之类，这才穿上睡鞋、睡袜上床。

我的母亲也是缠足，但是四五岁缠足，到了十岁样子就放足了。这倒要拜日本侵台之功，他们禁止妇女缠足，所以母亲放了足，但是脚底的骨头已经折断，她有时表演给我们看，用手握住脚背凹弯下去，中间竟是折叠的。

中国妇女缠足在唐以前是没有的，据说是起于南唐李后主，“后主宫嫔窅娘，纤丽善舞，乃命作金莲高六尺，饰以珍宝绸带缨络，中作品色瑞莲，命窅娘以帛缠足，屈上作新月状，着素袜，行舞莲中，回旋有凌云之态，由是多人效之。此缠足所自始也。”（摘自《闲情偶寄》中附录余怀之作）。唐以前的诗人墨客所写作品中形容妇女的足美，如李太白诗云：“一双金莲屐，两足白如霜。”韩致光诗云：“六寸肤圆光致致。”杜牧之诗云：“钿尺裁量减四分。”《汉杂事秘辛》云：“足长八寸，胫跗丰妍。”都指的是没缠过的天足。

好在这一千多年前的缠足之俗，到二十世纪的现在已经全部消灭。生在现代，我们真是幸福的。

再谈婆婆的另一晨妆——梳头。这也是很重要的，三光之一嘛！

婆婆早晨起来，洗过脸后，就会拿出她的梳头匣子，肩头上披一块布，把头髻拆散，让头发披散下来，梳头、抿油、挽髻、别金簪，完成梳头的化妆程序。然后再在脸部搽面霜、白粉，这时三光完成了，只等我们到堂屋向她“请安”，其实就是带孩子去叫“奶奶”。奶奶会把早预备好的糖果拿出来，说一声“乖！”塞在孙儿们的手里，我也会叫一声：“娘！我上班去了。”（我也是三光：烫发卷儿、胭脂粉儿、高跟鞋儿）把孩子撂在堂屋，等仆妇收拾完屋子下来带走。这时三光已毕的奶奶早坐在堂屋里的太师椅上抽水烟袋了。

所谓堂屋，是一家之主婆婆的起居室，也是我们这几十口人大家庭的生活中心。婆母从早便坐镇堂屋，不论是出去的、回来的、办公的、上学的，丈夫、姨太太……出出入入；各房要商量什么事，或是晚上闲聊，都在这里，她都看得见。我们结婚初期，尚未分炊，所以饭厅也在这里。吃大锅饭的时候，饭桌上就是交换消息的地方。说实话，我很怀念这婚后前几年的生活。

我不是说婆婆已经梳洗三光完毕了吗？但是她下午有时会在堂屋里，或天气好在宽大的前廊下，坐在藤椅上，又披散了头发，把它们由脑后拢到右前边来，用篦子篦头发。篦发也是梳发的一种，但用具不同，篦子和梳子是两种梳具。可以这么说：疏者叫梳，密者叫篦。就它们是梳子的姊儿俩吧！篦子的形状、质料和梳子都有不同。梳子的质料，有木的、竹的、玉的、角的、金的、银的、珐琅的、铜的等；但是篦子的质料却只有竹的，因为它的作用不同。梳子除了梳头以外，还可以当头上的装饰品，就是现代中外妇女的发饰，也还有用梳子的；而篦子只有一项用途——篦头发，是专为了去发垢，如头上发间的头皮、油垢、尘灰等。

你也许会说，头发脏了就洗嘛！但是要知道，旧时妇女是不太洗头发的，怕洗多了受凉得头风呀！所以旧时连婴儿小孩都不洗头而是用篦头发的。

我看婆婆用篦子从头顶一绺一绺地篦下来，动作很有韵律的呢！

那篦子也不是直接用，要把撕薄了的棉花塞在篦子上一排，等篦好了头发，再把棉花剔下来，污垢随着棉花下来扔掉，一点儿都不会留在篦子上，篦子仍是干净的。我婆婆虽然已经发白又秃，还是这么篦头而不洗头，正如我读杜甫某诗中有两句，“耳聋须画字，发短不胜篦”的情形一样。

我还见到一种小篦子，只有平常的一半大，原来那是给男人篦胡子用的。把它和耳挖子、打火机、修指刀、牙签、小放大镜、眼镜盒、烟袋、烟、手帕、小镜子、钱袋等男人身边用品都挂在腰间带子上，很有趣。

《水浒传》里曾读到有“篦头铺”一词，就是现在的理发店呢！

我在李笠翁的《闲情偶寄》中“修容篇”的“盥栉”一章中读到一小段他对用篦子的看法，颇有见解。他是这么说的：“善栉不如善篦，篦者，栉之兄也。发内无尘，始得丝丝现相，不则一片如毡，求其界限而不得，是帽也，非髻也；是退光黑漆之器，非乌云蟠绕之头也。故善蓄姬妾者，当以百钱买梳，千钱购篦。篦精则发精，稍俭其值，则发损头痛，篦不数下而止矣。篦之极净，始便用梳，而梳之为物，则越旧越精；人惟求旧，物惟求新，古语虽然，非为论梳而设，求其旧而不得，则富者用牙，贫者用角。新木之梳，即搜根剔齿，非油浸十日，不可用也。”

这样看来，我们老祖母头上的三千烦恼丝，可也不简单哪！

番薯人

每在“人间副刊”读到谢里法、邱垂亮等位先生写到失落在北京的台湾人，我都要多看两遍，希望能在字里行间寻找到我熟悉的人物和事情，也令我回到更早的岁月。

父母携我到北京，算算，竟是一甲子前的事了。父亲是民国九年去北京的，工作安定后于民国十一年回台湾接母亲和我，这一住就是二十六个年头儿，到光复后的民国三十七年才回到台湾。去时是一个四五岁不懂事的毛孩子；回来时携儿带女已经做了三个孩子的母亲了。

母亲生前告诉我，我们去北京，坐的是日本轮船“大洋丸”。这艘船两万吨，是第一次世界大战后，日本得自战败的德国。她每年航行世界两次，那次是运茶到上海再转日本，我们从上海再换中国轮船到天津。记得母亲说过“中国船脏死了”这样的话。我的记忆中仿佛一个人在轮船甲板上跑来跑去，又玩从楼梯扶把上滑下来的游戏，母亲说我的记忆应当不会错，因为她晕船整天整夜躺在房舱里动弹不得，只好随我这个活动力太强、闲不住的孩子在船上乱跑。

到了北京，先住在前门外珠市口的谦安客栈，旁边是当时北京最大的第一舞台。门口热闹极了，人行道上的摊子，马路上来往的行人、车辆。我呢，穿着一身薄绒布黄底红格子小和服，站在谦安客栈的门口看热闹，竟有路人过来要掀开我的衣服看，因为他们说日本衣服是不穿裤子的。不久，我们在椿树上二条找到房子，是永春会馆的后院，另开门，前门在椿树上头条。搬到这里，我们就开始入境随俗，进入了北京人的生活。家中来往的朋友多了，只有少数同乡，因为那时北京的台湾人并不多。

我懂事以后，常听到“番薯人”这个名词，台湾同乡间谈话更时常用到。“番薯人”就是台湾人，大家彼此间提到台湾人就用“番薯人”代之，是台湾人的代号了。因为台湾的地形，就像一条番薯，故以名之。同乡长辈在北京，有时就戏称我是“番薯仔”。不提台湾而以“番薯”代替，其中也包含了异乡人无限辛酸。台湾人远离被日本窃据的家乡投奔到祖国来，籍贯上大都填写他们的祖籍闽、广两省。我在小学读书时写的是父亲祖籍广东蕉岭，父亲死后，我们的籍贯改为母亲的祖籍福建同安。这样的做法，一是为的躲开北京的日本领事馆之类机构的注意，再则在祖国人面前，如果说是台湾人，也会被投以异样的眼光，真是好可怜的“亚细亚的孤儿”啊！

过不久我最小的叔叔（我们叫他屘叔）也来北京了，是祖父令他投奔祖国的，要他来读书或工作，结果他也和父亲一样，进入北京的邮局工作。我七岁时，屘叔带我投考厂甸师大附小，一个倾盆大雨的日子，我紧拉着屘叔的手。在附小的教室大楼从楼下考到楼上，一间一间地进去、出来，认颜色，试听觉，填木块……考取了以后，疼爱我的屘叔很高兴，带我和珠妹去中央公园（后来的中山公园）玩，在“格言亭”前还拍下了照片。穿和服被误认为“小日本儿”的“番薯仔”，现在完全是北京小姑娘了。在中国大陆的大城市，日本人都设有日侨小学，父亲当然不会送我到日侨小学读书，所以我进了师大附小，从小开始接受全盘的中国教育。

由已故的叶荣钟先生执笔，吴三连、林柏寿、蔡培火、陈逢源合编的相当详尽的《台湾民族运动史》一书，第五节“中国大陆台湾留学生团体的活动”一文中，提到民国十一年时北京的台湾留学生只有三十三人。民国十三年三月五日在北京召开了一次“华北台湾人大会”，为对在台湾发生的“治警事件”表示抗议，会中主要的人物有蔡炳坤、郑明禄、黄兆耀、陈江栋、刘锦堂、林子明、林飞熊、范本梁、林端腾、蔡惠如、吴子瑜、林松寿、廖景云和先父林焕文。这张名单中大部分的名字我认识，忽然记起母亲家有一张在我家开的台湾同乡会的照片，莫非就是这次的会后照？等我拿出查对年月，才知道家藏的是另外一次，但也颇有意义和价值。母亲生前闲谈时曾对我说，照片上有某某、某某，都是北大学生，我知道上述名单中前四位及林子明都是留学北大的（林子明先生光复后在台北故去，我曾去参加他的丧礼）。因此我想家藏的这张照片必也有上述的人在内吧！因为这张照片是摄于民国十五年，不过是第一次会后两年的事。我家已经搬到虎坊桥大街的蕉岭会馆，是把整个会馆租下来，油漆一新。据说这张照片就是在我家后面正院大厅前照的。父亲爱花，院中花池中种满了花草，墙上是牵牛花，又有夹竹桃、石榴树、菊花、海棠，总之是四季花草不断。

母亲曾对我谈过，父亲生前有志把北京的台湾会馆收回。台湾会馆原在前门鲜鱼口、肉市一带。本来会馆的作用是为清代各地到京赶考的学子所设，所以各省有各省的会馆。民国以后，无上京赶考之事，但各地会馆仍存在，给同乡或到北平读书的学子居住，像林语堂住过龙溪会馆，胡适之住过安徽会馆，鲁迅住过绍兴会馆等。台湾会馆之所以不存在，应当是在日本窃据台湾以后，因为它已非中国的一省。民国十二年，父亲曾对收回台湾会馆一事努力过，但无结果。父亲死后，家中所存的一叠台湾会馆资料，就被台湾同乡赖先生兄弟取走，他们也想继续努力，但无下文。

在家藏照片中的人物，我熟识的前排右起有：林少英、陈顺龙、吴子瑜、谢廉清、关锦辉。后排左起第一人是我的尪叔林炳文，站在谢廉清后面的是我的父亲林焕文，旁边少年是陈顺龙的二儿子阿贵，谢廉清手中抱的是尪叔的儿子我堂弟林朝桢。其他后面站的几位青年，我不认识，但相信一定会有上述名单中的人物在内。

林少英伯伯是早期携眷到北京去的台湾人，并非留学生，他就是现在著名的“林云大师”的父亲。我曾把这张照片翻照送给林云老弟对他说：“看，你越来越像你老爸了。”确实如此，他的个子不高，很壮实。他是台中人，在台时也是击钵吟诗的诗人，到北京后似乎是做生意，住在雍和宫旁，所以林云打小就跟雍和宫的喇嘛学密宗黑教。

陈顺龙伯伯是台南人，他去北京更早，是在清末时。他在德国学牙医，在北京廊房[1]头条开陈顺龙牙医馆，曾进宫给西太后看

---

[1] 明代在北京四门、钟鼓楼等处修建的民房和铺房，召民、商居住或居货，谓之廊房。

牙，所以家中藏有西太后赐物不少。据说有一次西太后赏他五百两银子，竟被抢了三百两，到手只剩下二百两了。究竟是真被抢的，还是拿出宫来时被层层剥削掉的？就不清楚了。我家和陈伯伯一家很熟，他的女儿陈慧是我的好友，放假时我常去陈家住，陈慧结婚光复后返台，三十多年来可惜因不知地址而失去联络，也不知她的近况如何？该也是儿孙满堂了。她的两个哥哥就一直留在大陆了。

谢廉清在未到北京前于民国十三年在上海和张我军组织“上海台湾人大会”，这也是我在《台湾民族运动史》上看到的，他俩都曾在会中上台讲演，严责当时日本内田总督的暴政。谢廉清后来在北京读朝阳大学，张我军读师范大学，关锦辉也是朝阳大学的学生，张、关二位皆于光复后返台去世。

后排是可怜的屘叔。他到北京后工作既定，就把屘婶及阿桢也接来了。本是一个美满的小家庭，但这时屘叔暗地里和一些朝鲜人做抗日工作，朝鲜人的抗日，常以暴力方法，我听母亲说，他们的床下竟藏置炸弹。抗日固然很对，但是他们是利用叔叔在邮局工作，汇钱方便，叔叔为了逃避父亲的注意，就搬出虎坊桥的家，带了妻儿到外面去住。出事的那次是他们教叔叔带款乘南满铁路。他们不肯自己去，因为过了鸭绿江就是朝鲜，容易被发现。年轻不更事的叔叔，可说是有勇而无智，到大连时被日本人捉到，毒死在牢里。父亲去收尸，伤心生气，回来不久也吐血病倒。祖父竟写信责备父亲，说好好的一个弟弟，怎么没好好照顾，落此下场。我记得父亲一连数夜写信向祖父报告，是用毛笔写在毛边纸的手卷上，可见其信之长。叔叔真是一个反日的无名英雄，他死时还不到二十五岁，约在民国十五六年，也就是拍过这张照片不久的事。尾叔漂亮潇洒，是祖父母所疼爱的幺儿子。他到北京后喜爱上京戏，请老师学老生，家中有他《打渔杀家》萧恩戏装照，比马连良漂亮多了。后来我听说，看相的曾说他是肉骨不连之相，所以早死。

父亲于民国二十年四十四岁上也去世了，死后火化，骨灰由堂兄阿烈捧回台湾。当时帮着办理丧事的是同乡张我军、陈顺龙、柯政和。说起柯政和，他也是早期到北京的留日音乐教育家，他娶的是日本太太，有一个女儿。他一直是在北师大、师大附中教音乐，和蔼可亲，学者气度，在台应当有许多他的学生。何凡也是他的学生，中学生喜起外号，谐其名之音叫他“隔炸盒儿”（北平一种油炸的食品）。父亲死后，柯伯伯也还时常来家看过我们，记得我颈间淋巴腺肿，他几次亲自带我去看他熟识的医生，非常照顾他同乡的遗族。其他前述诸乡长辈也都一样，到底是乡亲吧！

我所记的都是最早期在北京的番薯人。我们一家很幸运，没有做“失落在北京的番薯人”而回来台湾，照片中许多位的下一代、二代、三代，恐怕都失落在北京了。

一九八四年七月二十六日

[后记]此文刊出当天，陈慧姊见报，立刻和我联络。

一位乡下老师

——兼记新埔国小八十三周年

从台北坐纵贯线火车南下，到了新竹县境的竹北站下车，再转乘新竹客运，十分钟就到了新竹北部的新埔镇。新埔不是一个大镇，多少年来，因为人口的外流，人数总是维持在三万六千人左右的样子，但这三万六千人口，却绝大多数是客家人，可以说是客家人的聚居之地。

老一辈的新埔人，也许会骄傲于他们的特产——一种叫做椪柑的橘子，但是现在盛产了有百年之久的椪柑，却因为传染了一种至今也闹不明白的黄龙病，就逐渐被毁掉了。近年来，新埔人改种梨，但是其品种却远比不了椪柑。当年的椪柑在日据时代，听说是每年要送给日本天皇吃的。如今又听说，椪柑的种植又渐渐复活，那种黄龙病菌消失了，但愿顺利。到那时，日本天皇如想要吃椪柑，请他派人来订购，这回可不奉送了！

新埔在天然物产上，说实话，并不是一个有什么大发展的地方，只于此而已。但是工业时代的来临，这小镇却也没有被冲击得乌烟瘴气，如果你走进新埔市区，所看见的多是古老的厝屋，看不见什么大工厂在冒烟儿，因此，她虽有些落在工业时代的后面，却免去了空气污染之害，如今新埔人骄傲的是此地成了一个长寿村，八九十的健康老人多得是！

新埔有一所最老的小学，就是当年的新埔公学校，今天的“新埔国民小学”。她创校至今，已经第八十三周年了，她不但是新埔最老的小学，也是新竹县内最老的小学，更是全台湾省最老的小学之一。

当年创校时的新埔公学校，只有六间平房教室。校门外是一层层台阶，进了校门，就只有一排四间教室，向右手走，还有两间，如此而已。哪里像今天的“新埔国小”，又是高楼，又是大图书馆，又是电动钟塔呢！图书馆和钟塔都是老校友捐的。就拿独资捐图书馆的老校友蔡赖钦先生说吧，他都快八十岁了，还是很硬朗，他虽住在台北做着吉他乐器的制造，但还是时时往他的家乡新埔跑，看看家乡需要什么，呼吸那没有被污染的空气，会会老同学，谈谈当年的小学生生活。当他们徘徊在母校的高楼下，看他们故乡的第三代儿童们,活泼健康地追逐嬉戏于阳光普照的校园中,或者听孩子们的琅琅读书声,抚今追昔,会勾起很多回忆的话题的。

七十二年前的春天,新埔公学校来了一位年轻的老师林焕文先生,才二十岁,刚从台湾总督府国语学校的师范部毕业。他的履历书上写的户籍是"新竹厅竹南一堡头份庄",不知怎么被分发到新埔教书了。这位年轻的老师,不但精通汉文、日文,也写得一笔好字,而他的外表,更是英俊潇洒。他瘦高的个子,英挺焕发,眼睛凹深而明亮,两颧略高,鼻梁笔直,是个典型的客家男儿。他单身来到新埔,就住在万善祠前面学校的宿舍里,平日难得回头份他的老家去。

焕文先生英俊的外表和亲切的教学,一开始就吸引了全班的乡下孩子们。他们都记得他上课时清晰的讲解和亲切的语词。他从不严词厉色对待学生。他身上经常穿的是一套硬领子,前面一排五个扣子的洋服,洋服是熨得那么平整,配上他挺拔的身材,潇洒极了。按现在年轻人的口气说来,就是:"帅!"其实那时是一九〇八年,还是满清末年,离开他剪掉辫子,也还没多久呢!

焕文先生在新埔的生活,倒也不寂寞,除了上课教学,下了课就在自己的宿舍里读书习字。他虽然是出身于日据时代的"国语学校",但是老底子还是汉学,他在履历表上不是写的入塾是"储珍书室”四书修业吗？在他的读书生活里，写字是他的一项爱好；他写字的时候，专心致力，一笔一画，一勾一撇，都显得那么有力量，那么兴趣浓厚，以致他的鼻孔，便常常不由得跟着他的笔画，一张一翕的，他也不自觉。

班上有一个来自更偏僻乡间的学生，因为读书较晚，十一岁了，才是公学校的一年级生。十一岁的吴浊流，常常在下课后还站在老师的书桌前，看老师龙飞凤舞的挥毫。日子多了，帮着老师拉拉纸、研研墨，他就高兴得什么似的，觉得自己已经从老师那儿熏染点儿什么了。

有一天老师忽然对他说：

“你如果喜欢我的字，我也写一幅给你，留个纪念吧。”

吴浊流听了，受宠若惊，只管点头，一时不知怎么回答才好。焕文先生写了一幅《滕王阁序》给他。这幅字，他珍藏了多年。二次世界大战时，台湾被盟军轰炸，他的珍藏和他所写的一部血泪著作的原稿，便随着他东藏西躲的。幸好这部描写台湾人在日本窃据下生活的小说《亚细亚的孤儿》，和它的主人吴浊流先生都藏得安全，躲过了日本人的搜寻网，在台湾光复的同时，得见天日，但是《滕王阁序》却不知在什么时候遗失了。

焕文先生的字在镇上出了名，所以也常常有人来求字。镇上的宏安药店里，早年那些装药的屉柜上刻的汉药名，就是由老师写的。这家汉药店主人的后代习西医，所以原来的汉药已经不卖了，但却还存着那些木屉上刻字呢！

焕文先生有一个堂房姊姊，人称阿银妹的，就嫁到新埔的宏安药店，阿银妹不但生得美丽，性格也温柔，她十分疼爱这位离乡背井来新埔教书的堂弟。她不能让堂弟整天教书，还要自己洗熨衣服、煮饭，这是没有必要的。所以如果堂弟没有到她家去吃饭，她就会差人送了饭菜来，饭菜是装在瓷制饭盒里，打开来尽是些精致的菜。焕文先生一辈子就是爱吃点儿可口的菜。

他也时常到阿银妹家去吃饭，班上那个最小最淘气的蔡赖钦，家和阿银妹住得不远，所以他常常和老师一道回去。如果老师先吃好，就会顺路来叫他，领着他一路到学校去。如果他先吃好，也会赶快抹抹嘴跑到阿银妹家去找老师。老师不是胖子，没有绵软软的手，但是他记得，当年他的八岁的小手，被握在老师的大巴掌里，是感到怎样的安全、快乐和亲切。如今蔡赖钦是八岁的十倍，快八十岁喽！我们应该称呼他蔡老先生了！蔡老先生现在是乐器制造业的老板，他仍是那么精力充沛，富有朝气，活泼不减当年，说起他的老师和幼年的生活，他就会回到清清楚楚的八岁的日子去。

蔡老先生记得很清楚，关于新埔公学校校区的那回事。学校该换新校匾了，按说当时学校有一位教汉学的秀才，不正该是他写才对吗？可是蔡先生骄傲地说，结果还是由年轻的林老师来写了，可见得老师的字是多好啊！

当蔡老先生说着这些的时候，虽然是那么兴奋，但也免不了叹息地说：

“日子过得太快、太快，这是七十年前的事了！林小姐，你的父亲是哪年去世的？”

哎呀！写到现在，我还没有告诉读者，那个年轻、英俊、教学认真、待人亲切的林焕文先生，就是我的父亲啊！如果他还活着，今年九十二岁了。

我的父亲在新埔教了两年书，就离开了新埔，转回他的家乡头份去教书了。

离开新埔不难，但离开和他相处两年的孩子们，就不容易了，所以当他把要离开的消息告诉同学们时，全班几十个乡下孩子，就全都大大的张开了嘴巴，哭了起来，我的父亲也哭了。

关于我父亲在新埔小学教书的这两年情形，我是不会知道的，因为那时没有我，我还没有出生，甚至也没有我母亲，因为我母亲那时还没有嫁给我父亲；我母亲是在六年以后才嫁给我父亲的，而我是在八年以后出生的。有关父亲的一切，差不多全是吴浊流和蔡赖钦两位先生常跟我提及的。

那个拉纸研墨的吴浊流先生，后来也成了作家，并且创办《台湾文艺》杂志，他人虽已去世，《台湾文艺》却至今还发行着。他在《无花果》一书中，曾写了父亲的一段：

对一年级级任林老师，是打心里尊敬着的，林老师走后，对于每一位老师都不能心服。林老师是国语学校出身的，并且是书法家，午间休息的时候，时常都在写字。这时候我总是在老师的旁边，为他做研墨、拉纸的工作，所以特别被疼爱。老师只教了我们一年，第二年就回他的故乡去了。和老师分别的时候，不仅是我，全班学生都在教室里嘤嘤地哭泣。老师也感于学生的情，陪着哭泣的场面，在过了五十多年的现在，还鲜明地留在我的脑海……

吴浊流先生在创办《台湾文艺》的时候，不住地跟我说：

"是做了你爸爸的学生，才有这样的傻劲啊。"

蔡赖钦先生去年独资六十万捐盖新埔国小图书馆的时候，也告诉我：

"是作为一个你爸爸的学生，才这样做的啊。"

我的父亲离开新埔，就没得机会再回去，因为他回头份教了书后，又转到板桥工作，然后娶了我的母亲，一同到日本，三年后到北平去，就在四十四岁的英年上，在北平去世了，多么令人想念啊！

蔡老先生听我告诉他，不住地摇头叹息。他自十岁以后，就没再见到我父亲，别的学生也差不多一样，但是他们都能记住，父亲在那短短的两年里，在他们幼小的心灵中，是种下了怎样深切的师生之情，以至于到了七十年后的今天，许许多多世事都流水般过去了，了无痕迹了，一位乡下老师的两年的感情，却是这样恒久，没有被年月冲掉。

一九八〇年教师节

旧时三女子

我的曾祖母

一年前的冬日，我陪摄影家谢春德到头份去。他是为了完成《作家之旅》一书，来拍摄我的家乡。先去西河堂林家祖祠拍了一阵，便来到三婶家，那是我幼年三岁至五岁居住过的地方。

春德拍得兴起，婶母的老木床，院中的枯井，墙角的老瓮，厨房里的空瓶旧罐，都是他的拍摄对象。最后听说那座摇摇欲坠的木楼梯上面，是我们家庭供祖宗牌位的地方，他要上去，我们也就跟上去了。虽是个破旧的地方，但是整齐清洁地摆设着观音像、佛像、长明灯、鲜花、香炉等等，墙上挂着我曾祖母、祖父母的画像和照片以及这些年又不幸故去的三婶的儿子、媳妇和孙辈的照片。

看见曾祖母的那张精致的大画像，祖丽问我说："妈，那不就是你写过的，自己宰小狗吃的曾祖母吗？"

这样一问，大家都惊奇地望着我。就是连我的晚辈家族，也不太知道这回事。

如果我说，我的曾祖母嗜食狗肉，她在八十多岁时还自己下手宰小狗吃，你一定会吃惊地问我，我的祖先是来自哪一个野蛮的省？我最初听说时，何尝不吃惊呢！其实"狗是人类的好朋友"的说法，是很"现代"而"西方"的。我听我母亲说过，祖父生前有一年从广东蕉岭拜祭林氏祖祠归来，对正在"坐月子"的儿媳妇说："你们是有福气的哟！一天一只麻油酒煮鸡，老家的乡下，是多么贫困，哪有鸡吃，不过是用猪油煮狗酒罢了！"

你听听！祖父说这话的口气，是不是认为人类对待动物的道德衡量，宰一条小狗跟杀一只鸡，并没有什么分别？甚至在那穷乡僻壤，吃鸡比吃狗还要奢侈呢！

自我懂事以来，已经听了很多次关于曾祖母宰小狗吃的故事。不过，随着年龄的增长，对于曾祖母宰小狗这回事，每一次都有更多的认识、了解和同情。

说这老故事最多的就是三婶和母亲。三婶还健康的时候，每次到台北，都会来和母亲闲谈家中老事。老妯娌俩虽然各自使用彼此相通的母语——一客家、一闽南——她们又说、又笑、又感叹的说将起来，我在一旁听着，也不时插入问题，非常有趣。她们谈起我曾祖母——我叫她“阿太”——亲手宰烹小狗吃的故事，都还不由得龇牙咧嘴，一副不寒而栗的样子；就好像那是刚刚发生的事情，就好像我阿太还在后院的沟边蹲着，就好像还听得见那小狗在木桶里被开水浇得吱吱叫的刺耳声，使得她们都堵起耳朵、闭上眼睛跑开，就好像她们是多么不忍见阿太的残忍行为！

但是，我的曾祖母，并不是一个残忍的女人，她是一个最寂寞的女人。

我的曾祖父仕仲公，是前清的贡生。在九个兄弟中，他是出类拔萃的老五。为了好养活，他有个女性化的名字“阿五妹”，所以当时人都尊称他一声“阿五妹伯”。我的曾祖母钟氏，十四岁就来到林家做童养媳，然后“送做堆”嫁给我的曾祖父。但不幸她是个生理有缺陷的女人，一生无月信，不能生育，终生无所出。那么，“阿五妹”爱上了另一个美丽的女孩子罗氏，就是一件很自然的事情了。那个女孩子是人家的独生女儿，做父母的怎肯把独生女儿给“阿五妹”做妾呢？因为我的曾祖父当时有声望、有地位，又开着大染布坊，他们又是自己恋爱的，再加上我阿太不能生育，美丽的独生女儿，就做了我曾祖父的妾了。妾，果然很快地为“阿五妹伯”生了个大儿子，那就是我的亲祖父阿台先生。

我想，我的曾祖母的寂寞，该是从她失欢的岁月开始的。

阿台先生虽然是一脉单传，却也一枝独秀，果实累累，我的祖母徐氏爱妹，一口气儿生了五男五女，这样一来，造成了林家繁枝覆叶的大家庭。那时候，曾祖父死了，美丽的妾不久也追随地下。阿台先生虽然只是个秀才，没有得到科举时代的任何名堂，但他才学高，后来又做了头份的区长(现在的镇长)，事实上比他的父亲更有声望和地位。但是就在林家盛极一时的时候，我的曾祖母，竟带着她自己领养的童养媳，离开了这一大家人，住到山里去了。

并不是我的祖父没有尽到人子的责任，我的祖父是孝子，即使阿太不是他的亲母，他也不废晨昏定省之礼。或许这大家庭使阿太产生了“虽有满堂儿孙，谁是亲生骨肉”的寂寞感吧，她宁可远远地离开，去山上开创一个属于她自己的天地。

在那种年代，那种环境，那种地位下，无论如何，阿台先生都有把母亲接回来奉养的必要，但是几次都被阿太拒绝了。请问，荣华和富贵，难道抵不过在山间那弯清冷的月光下打柴埋锅造饭的寒酸日子吗？请在我的曾祖母的身上找答案吧！

终于，在我曾祖母八十岁那年，寒冬腊月，一乘轿子，把她老人家从山窝里抬回来了。听说她的整寿生日很热闹，在那乡庄村镇，一次筵开二、三百桌，即使是身为区长，受人崇敬的阿台先生家办喜事，也不是一件顶容易的事吧！而且，祖父还请画师给她画了这么一张像：头戴凤冠，身穿镶着兔皮边的补褂。外褂子上画的那块补子,竟是“鹤补”,一品夫人哪！我向无所不知的老盖仙夏元瑜兄打听,他说画像全这么画,总不能画一个乡下老太婆,要画就画高一点儿的。我笑说,那也画得高太多啦！

据我的母亲和三婶说,阿太很健康,虽然牙齿全没了,佝偻着腰,也不拄拐杖。出出进进总是一袭蓝衣黑裤。她不太理会家里的人,吃过饭,就举着旱烟管到邻家去闲坐,平日连衣服都自己洗,就知道她是个多么孤独和倔强的人了。

大家庭是几房孙媳妇妯娌轮流烧饭,她们都会为没有牙齿的阿太煮特别烂的饭菜。当她的独份饭菜烧好摆在桌上时,跟着一声高喊:“阿太,来吃饭啊!”她便佝偻着腰,来到饭桌前了。我的母亲对这有很深的印象,她说当阿太独自端起了饭碗,筷子还没举起来,就先听见她幽幽的一声无奈的长叹！阿太难道还有什么不满足吗?

现在说到狗肉。

三婶最会炖狗腿,她说要用枸杞、柑皮、当归、番薯等与狗腿同煮,才可以去腥膻之气,但却忌用葱。狗肉则用麻油先炒了,用酒配料煮食,风味绝佳。三婶虽是狗肉烹调家,却从不吃狗肉,她是做子媳的,该做这些事就是了。不但三婶不吃狗肉,在这大家庭里,吃狗肉的人数也不多,三婶曾笑指着我的鼻子告诉我说:

“家里虽然说吃狗肉的人数不算多,可也四代同堂呢！你阿太，你阿公，你阿姑，还有你！”

秋来正是吃狗肉进补的时候。其实，从旧历七月以后，家里就不断地收到亲友送来的羊头、羊腿、狗腿这种种的补品了。因为乡人都知道阿台先生嗜此，岂知他的老母、女儿、四岁的小孙女，也是同好呢！

不是和自己亲生儿子在一起，我想唯有吃狗肉的时候，阿太才能得到一点点快乐吧？因为这时所有怕狗肉的家人，都远远地躲开了！

据说有一年，有人送来一窝小肥狗给阿台先生。这回是活玩意儿，三婶再也没有勇气像杀母鸡一样地去宰这一窝小活狗了。阿太看看，没有人为她做这件事，便自己下手了，这就是我的曾祖母著名的自己下手宰狗吃的“残忍”的故事了。

记得有一次我又听母亲和三婶谈这件事的时候，不知哪儿来的一股不平之鸣，我说：“如果照我祖父说的，煮鸡酒和煮狗酒没有什么两样的话，那么阿太宰一只狗和你们杀一只鸡也没有什么两样的呀！”

阿太高寿，她是在八十七八岁上故去的，我看见她，是在三岁到五岁的时候，直接的记忆等于零，但是，如果她地下有知的话，会觉得在一个甲子后的人间，竟获得她的一个曾孙女的了解和同情，并且形诸笔墨，该是不寂寞啊！

我的祖母

我的祖母徐氏爱妹的放大照片，就挂在曾祖母画像的旁边墙上。这张虽是老太太的照片，但也可以看出她的风韵，年轻时必定是个美人儿，她是凤眼型，薄薄的唇，直挺的鼻梁。她在照片上的这件衣着，虽是客家妇女的样式，但是和今日年轻女人穿的改良旗袍的领、襟都像呢！

我的祖父林台先生，号云阁，谱名鼎泉，他是林家九德公派下的九世孙。前面说过，他科举时代没有什么名堂，却是打二十一岁起就执教鞭，民国五年到九年，出任头份第三任区长，在纯朴的客家小镇上，是位令人尊敬的长者。在中港溪流域，是以文名享盛誉，他能诗文，擅拟对联，老年间的许多寿序、联匾，很多出于祖父之笔。我祖母为林家生了五男五女，除了夭折一男一女外，其余都成家立业，所以在祖父享盛誉的时候，祖母自然也风光了半辈子。

我对祖母知道的并不多，年前玉美姑母到台北来，我笑对也年近八十的玉美姑姑说："我要问你一些你母亲的事，你可得跟我说实话。"因为我常听婶母及母亲说，祖母很厉害，她把四个儿媳妇控制得严严的，但她自己却也是个勤俭干净利落的人。听说，我的曾祖母所以很孤独地到山上去过日子，也和这个儿媳妇有些关系，因为当年的祖母，妻以夫贵，不免有时露出骄傲的神色来吧！而且我听三婶说，她的女儿秀凤自幼送人，也是婆婆的主意。我问玉美姑姑，玉美姑姑很技巧地回答说："你三婶身体不好嘛！带不了孩子。所以做主张把秀凤送人好了。"其实我又听说，是祖母希望三婶生儿子，所以教她把女儿送人的。我又问姑姑说："听说祖母很厉害。"姑姑说："她很能干。"能干和厉害有怎样的差别和程度，是怎么说都可以的。

但是在我的记忆中，祖母却是可爱的，幼年在家乡的记忆没有了，却记得在北平时，我还在小学三年级的样子，祖父、祖母到北平来了。那时父亲、四叔——祖父的最大和最小的儿子都全家在北平，从遥远的台湾到"皇帝殿脚下"的北京来探亲和游历，又是日据时代，是一件不简单的事，我想那是祖母最最风光的时期了。他们返回台湾后不久，四叔就因抗日在大连被日本人毒死狱中。四叔本是祖母最疼爱的儿子，四婶也因是自幼带的童养媳，所以也特别疼。过两年，祖父独自到北平来，父亲已经因四叔的死，自己也吐血肺疾发作。记得祖父住在西交民巷的南屋里，我常听见他咳声，他似乎很寂寞地在看着《随园诗话》，上面都是他随手所记的批注。等到祖父回台湾，过不久，父亲也故去了。

这时祖父的四个儿子，先他而去了三个，祖父于民国二十三年七十二岁时去世，死时只有一个三叔执幡送终。祖父死后的年月，不要说风光的日子没有了。祖母又遭遇到最后一个儿子三叔也病故的打击，至此满堂寡妇孤儿，是林家最不幸的时期，真是“屋漏偏逢连夜雨”。民国二十五年时，台湾地震，最严重的就是竹南、头份一带。我们这一辈，最大的是堂兄阿烈，他又偏在南京工作，看报不知有多着急，那时家屋倒塌，大家都在地上搭棚住，七十多岁的祖母也一样。后来阿烈哥返台，在一群孤儿寡妇中，他不得不挑起这大家族的许多责任。

阿烈哥说，幸好他考取了当时的放送局，薪水两倍于一般薪水阶级，负起奉养祖母的担子。他也曾把祖母接来台北居住就医过，可是她还是在八十岁上、在祖父死后十年中风去世了。她死时更不如祖父，四个儿子都已先她而去，送终的只好是承重孙阿烈哥了。

而我们那时在北平，也是寡妇和孤儿，又和家乡断绝音信多年，详细的情形都不知道。只是祖母在我的印象中却是和蔼的、美丽的。

我的母亲

我的母亲是板桥镇上一个美丽、乖巧的女孩，她十五岁上就嫁给比她大了十五岁的父亲，那是因为父亲在新埔、头份教过小学以后，有人邀他到板桥林本源家做事，所以娶了我的母亲。

母亲是典型的中国三从四德的女性，她识字不多，但美丽且极聪明，脾气好、开朗、热心、与人无争、不抱怨、勤勉、整洁。这好像是我自己吹嘘母亲是说不尽的好女人。其实亲友中，也都会这样赞美她。

母亲嫁给父亲不久，父亲就带着母亲和母亲肚中的我到日本去，在大阪城生下了我。父亲是个典型的大男人，据说在日本到处酒馆林立的街坊，从黑夜饮到天明，一夜之间，喝遍一条街，够任性的了。但是他却有更多优点，他负责任地工作，努力求生存，热心助人，不吝金钱。我们每一个孩子，他管得虽严，却都疼爱。

在大阪的日子，母亲也津津乐道。她说当年她是个足不出户的异国少妇(在别人眼里，只是个十几岁的少女)，偶然上街，也不过是随着背负着小女婴的下女出去走走。像春天傍着淀川、造币局一带，樱花盛开了，风景很美。母亲说，我们出门逛街，还得忍受身后边淘气的日本小鬼偶然喊过来的"清国奴"这样侮辱中国人的口号，因为母亲穿的是中国服装。

后来父亲要远离日本人占据的台湾，到北京去打天下，便先把母亲和三岁的我送回台湾。在客家村和板桥两地住了两年，才到北京去的。母亲以一个闽南语系的女人嫁给客家人，在当时是罕见的。母亲缠过足，而客家女性大脚，劳动起来是有力有劲的。但是娇小的母亲在客家大家庭里仍能应付得很好，那是因为母亲乖，不多讲话。她说妯娌们轮流烧饭，她一样轮班，小小的个子，在乡间的大灶间，烧柴、举炊，她都得站在一个矮凳上才够得到，但她从不说苦。不说苦，也是女性的一种德性吧，我从未见母亲喊过苦，这样的德性，在潜移默化中，也给了我们姊弟做人的道理。像我，脾气虽然急躁，却极能耐苦，这一半是客家人的本性，一半也是得自母亲。

父亲去世前在北平的日子，是最幸福的，但自父亲去世（母亲才二十九岁），一直到我成年，我们从来都没有太感觉做孤儿的悲哀。这是因为母亲事事依从我们，从不摆出一副苦相，真是所谓“在家从父，出嫁从夫，夫死从子”了。

我的母亲常说这样两句台湾谚语，她说：“一斤肉不值四两葱，一斤儿不值四两夫。”意思是说，一斤肉的功用抵不过四两葱，一斤儿子抵不过四两丈夫。用有实质的重量来比喻人伦，实在是很有趣的象征手法。我母亲也常说另一句谚语：“食夫香香，食子淡淡。”这是说，妻子吃丈夫赚来的，是天经地义，没有话说，所以吃得香；等到有一天要靠子女养活时，那味道到底淡些。这些话表现出我的母亲对一个男人——丈夫的爱情之深、之专。

现在的已婚妇女，凑在一起总是要埋怨丈夫，我的母亲从来没有过。甚至于我们一起回忆父亲时，我如果说了父亲这样好那样好，母亲很高兴地加入说。如果我们忽想起爸爸有些不好的地方，母亲就一声也不言语，她不好驳我们，却也不愿随着孩子回忆她丈夫的缺点。

我的母亲十五岁结婚，二十九岁守寡，前年八十一岁去世，在讣闻里，我们细数了她的直系子、孙、媳婿等四代四十多人，没有太保太妹，没有吃喝嫖赌不良嗜好的。母亲虽早年守寡，却有晚年之福。

在这妇女节日，写三位旧时女子——我的曾祖母、祖母和母亲，无他，只是想借此写一点中国女性生活的一面，和她们不同的身世。但有一点相同的，无论她们曾受了多少苦，享了多少福，都是活到八十岁以上的长寿者。

一九八五年妇女节

家住书坊边

——琉璃厂、厂甸、海王村公园

每看到有人写北平的琉璃厂——厂甸——海王村公园时，别提多亲切，脑中就会浮起那地方的情景，暖流透过全身，那一带的街道立刻涌向眼前。我住在这附近多年，从孩提时代到成年。不管在阳光下，在寒风中，也无论到什么地方——出门或回家，几乎都要先经过这条自清到民国，续延二百年至今不衰的北平文化名街——琉璃厂。我家曾有三次住在琉璃厂这一带：椿树上二条、南柳巷和永光寺街。还有曾住过的虎坊桥和梁家园，也属大琉璃厂的范围内。

琉璃厂西头俗称厂西门，名称的由来是因为有一座铁制牌楼，上面镶着“琉璃厂西门”几个大字，就设立在琉璃厂西头上。在铁牌楼下路北,有一家羊肉床子和一家制造毛笔的作坊,我对它们的印象特深,因为我每天早上路过羊肉床子到师大附小上学去时,门口正在大宰活羊,血淋淋的一头羊,白羊毛上染满了红血,已经断了气躺在街面的土地上,走过时不免心惊绕道而行;但下午放学回家时,却是香喷喷的烧羊肉已经煮好了。我喜欢在下午吃一套芝麻酱烧饼夹烧羊肉,再就着喝一瓶玉泉山的汽水,清晨那头被宰割的羔羊,早就忘在一边儿了。至于毛笔作坊,是在一家大门进去右手屋子里。以为我是去买毛笔吗?才不是,我是去买被截下来寸长的废笔管,很便宜,都是做小女生的买卖。手抱着一大包笔管,回家来一节节穿进一长条结实的线绳上成了一条竹跳绳。竹跳绳打在地上发出清脆的声音,增加跳绳的情趣。不过竹管被用力地甩在地上,日久会裂断,就得再补些穿上去。

放学回家,过了厂西门再向前走一小段,就到了雷万春堂阿胶鹿茸店所在的鹿犄角胡同了。迎面的玻璃橱窗里,摆着一对极大的鹿犄角,是这家卖鹿茸阿胶的标本展示。店里常年坐着一两位穿长袍的老者,我看这对鹿犄角和老者有二十多年了。看见鹿犄角向左转(北平话应当说"往南拐"),先看见井窝子(拙著《城南旧事》写我童年故事的主要背景),就到了我最早在北京的住家椿树上二条了。

文人爱提琉璃厂,因为它是文化之街,自明清以来,不知有多少文人的笔下都写到琉璃厂。小孩子或妇女爱提厂甸，因为“逛厂甸儿”是北平过年时类似庙会的去处。厂甸是在东西琉璃厂交界叫做“海王村公园”的那块地方，说公园，其实是一处周围有一转圈房子的院落而已。院子中有荷花池、假山石，但是平日并没有人来逛。公园有一面临南新华街，这倒是一条学校街，师范大学（早年的京师学堂，后来成为全国第一座国立的师范大学）和师大附小面对面地把着马路两边，师大附中则在厂甸后面。这条包含了新旧书籍、笔墨纸砚、碑帖字画、金石雕刻、文玩骨董的文化街，再加上大、中、小学校，更增加古城的文化气息，我有幸在北平成长的二十五年间，倒有将近二十年是住在这条全国闻名的文化街附近，我对这条街虽然非常非常地熟识，可惜不学如我，连一点古文化气息都没熏陶出来！

我的公公夏仁虎（号枝巢）先生在他的《旧京琐记》一书中开头就说“余以戊戌通籍京朝”，我也可以说我是“五岁进京”吧！先母告诉我进京经过是这样的：

民国十一年三月初，我随父母自台湾老家搭乘日本轮船“大洋丸”去上海。在大洋丸上遇见了连雅堂先生夫妇，母亲说他们可能是到日本去看博览会。当时的情形是这样，母亲晕船，整天躺在房舱里，我则常到甲板上跑来跑去，连雅堂先生看见我这个同乡小孩，便跟我说话，因而认识了我的父母。他知道我们要到北京去，还建议说，到北京该去琉璃厂刻个图章，那是最好的地方。这样说来，我们在大洋丸上就先知道北京有个琉璃厂了。怪有趣，也是缘。

刚到北京，临时住在珠市口一家叫“谦安栈”的客栈，旁边是有名的第一舞台(第一次看京戏就在第一舞台，那是一场义务戏，包罗全北京的名伶，李万春那时是有名的童伶)。不久我们就搬到椿树上二条，开始了我在北京接受全盘中国教育。

一个大雨天，叔叔带我去考师大附小，我无论怎么淘气，还是一个很怕考试的小女孩。就在一排教室楼的楼下考到楼上。一间一间教室走进去、走出来，到每一个讲桌前停下来，等待老师问你什么(例如认颜色)，要你做什么(例如把不同形状的木制模型嵌进同形的凹洞里)，为了试耳音，老师紧握双手，伸开距离两耳各一尺的地方，要考生指出哪一边有手表秒针走的声音，我一一通过，当然考取了，就在这北京城有名的“厂甸附小”读了六年，打下我受教育的好基础。

每天早上吃一套烧饼油条，背了书包走出椿树上二条的家门，出了胡同口，看见井窝子，看见鹿犄角，看见大宰活羊，再走过一整条的西琉璃厂，看见街两边的老书铺、新书店、南纸店、裱书铺、古玩店、笔墨店、墨盒店、刻字铺等等。我是一个接受新式小学完全教育的小孩，在这条古文化街过来过去二十多年，文人学者所写旧书铺的那种情调气氛及认识，我几乎一点儿也没有沾过。

附小的大门进来，操场左边是一、二年级教室，然后一年年教室向里升进去。学校是以大礼堂隔开前后操场和年级进度。穿过礼堂豁然开朗的是大操场，全校如有朝会、运动会都是在这大操场上举行。大操场右面大楼就是我入学考试的大楼了，它也是四年级以上的教室楼。操场顶头有一排平房，是图书室和缝纫室。到了三年级，女生就要学缝纫，男生则是在前院的工作室学锯木板、钉钉子什么的。

胖胖的郑老师教我们缝纫。开始学直针缝、倒针缝，然后是学做手绢，锁狗牙边儿，再下去是学做蒲包鞋，钉亮片，绣十字线……成绩好的，作品还锁在玻璃柜里展览呢！但是我最爱的却是这间兼图书室的架上所陈列的书本。这些课外读物给我印象深刻的是商务印书馆所出版林琴南翻译的世界名著。我们今天仍沿用的西洋名著的书名，大都还用林译书名，尤其是一些名著改编电影在中国上演，皆采用林译书名为电影名，如《茶花女》、《黑奴吁天录》、《块肉余生》、《劫后英雄传》、《双城记》、《基度山恩仇记》、《侠隐记》等等，皆非原著之名，而是林琴南给起的。大家都知道林氏并不谙英文，有笑话说，他在英文“beautiful”字旁，注谐音为“冰糖葫芦”。

他也不逐字逐句译书，他依据口述者口述，再自己编写成浅显文言，所以每书皆不厚。我读小学三四年级时，林译小说还在盛行，我们那小图书室就可借阅。我囫囵吞枣，竟也似懂非懂地读了不少林译。没想到我这个尚未接触中国新文艺的小学生，竟先读了西洋小说，这也真是怪事了。

公公所著《旧京琐记》，有数处地方写到琉璃厂，他曾写说：

> 琉璃厂是书画、古玩商铺萃集之所。其掌各铺者，目录之学与鉴别之精，往往有过于士夫。余卜居其间，恒谓此中市佣亦带数分书卷气。盖皆能识字，亦彬彬有礼……

先翁所说“余卜居其间”，是因夫婿夏家数十年居于城南，两屋皆在琉璃厂一带。早年是住在南新华街师大旁边一胡同叫“安平里”的，听外子说，后墙外就是师大的操场，他的四哥亦师大学生，常常走捷径翻过矮墙到师大去上课，就不走师大正门了。后迁至厂西门下去一些的永光寺街，老太爷出出入入当然也是经过琉璃厂这条街了。

又曾读过近人所写一文，也是谈到琉璃厂旧书店的情调：

> 当你踱进一家湫暗低陋的书肆门限时，穿着土布制成的

> 长袍宽袖旧式服装，手里拿着白铜的水烟袋的老主人陪着笑容，打着呵欠迎你出来。在那种静穆的空气笼罩下，四围尽是些“满目琳琅”的画册，伸手从架上抽出一部经书翻翻，放下再找一套说部读读，看完篇论文，又寻段话诗的。真是但觉宇宙之大，也不过包综于这几万卷线装书里面而已，便不由得使你忘了一切身边的琐事，而感到一种莫可言传的趣味，这里竟想不出一个适当的名词来说明这种趣味，姑且叫它做“诗意”吧……

逛逛湫暗的旧书铺，竟有诗意之感，我是没有体验过，印象中只觉得长年里这种旧书铺或古玩铺，静悄悄的，极少有顾客盈门的情形。北平对古玩店有句俗话说：“三年不开张，开张吃三年”，就是这种情形吧！在这条街上，胡开文、贺莲青、李玉田的湖笔徽墨，荣宝斋、清秘阁的字画纸张，倒是有去购买的经验。小学时候，二年级就习写毛笔字，去琉璃厂买一个小小的白铜墨盒，上面刻着山水画，买来后，请母亲用毛线钩一个墨盒套。有习字的日子，就提着小墨盒上学去。在九宫格的毛边纸习字簿上，照柳公权的字帖春蚓秋蛇的涂写一番。柳字细巧，本是适合女孩子练字的，叔叔给我买的这本柳公权玄秘塔字帖，我可也习写了好多年呢！夏秋之季每天守着春蚕吐丝，就是为了用丝棉做墨盒芯子。把一块“天然如意”的墨条用棉纸包裹上，再熔蜡油滴满包纸上，是为了巩固墨条不致断裂。耐心而有趣地磨了浓浓的墨汁，注入墨盒里，我爱用七紫三羊毫毛笔，蘸着完全自己调制的墨汁，写出来的字虽不怎么样，兴趣却浓。这些都是求之于琉璃厂的。

磨墨一事，是中国人读书生活中不可缺少的，我婚后常常看见公公在书房里，他的爱妾曼姬正据桌安坐，弯着胳臂一圈一圈有规律地运作着，给老太爷磨墨呢！唯有这时他们是和谐的、安详的，他们一定有宇宙虽大却只有他俩的感觉吧。记得某年过年，老太爷不怕忌讳，竟用一副故宫流落出来的灰色宣纸写下——

老思无病福

饥吃卖文钱

这样的对子作为开春执笔。这副对联裱好后，挂在他们的书房里。它一直是我喜爱的，曾想问老人家可否送给我这第六房儿媳妇留以为纪念，一直未出口，如今只留下记忆了。我又记得我返台见到先父的启蒙学生吴浊流先生，他屡次对我说，他十一岁受教于先父，常在放学后到老师的单人宿舍里，为老师研墨、拉纸，看老师写字。他曾把这深刻的、亲切的印象，写在他的禁书《无花果》里。

说到纸，也是琉璃厂的产物，前面所说我初习字用毛边纸的习字簿，当然用不着到荣宝斋、清秘阁这类讲究大店去买，但长大后却喜爱到荣宝斋去选购一些彩色木板水印笺纸，我买来并非用它来写信，我哪里舍得，也没那么风雅，只是喜爱它，当做艺术品那样的欣赏保留。记得有一套是齐白石的写意小品，鱼、虾、螃蟹等等，印在笺纸的左下角上，别提多雅致了。印制木板水印笺纸，是荣宝斋的一项专门技术，听说他们近年来更发展成把古今名画亦以木板套色水印方式复制了。去年在香港，金东方妹送了我一锦盒装的“萝轩变古笺谱”，是上海博物馆出品，仿古宣纸笺是那样地古朴可爱。萝轩笺谱原有近二百幅，是明代天启年间吴发祥制作，这套只选了八面，印制在信笺的中央，其雕镂极细巧，在简练的运笔下，刻出花篮、竹石、孤雁、花卉、书架、花鹿等，以两色设色，简单中的古朴精雅，我抚摸把玩，不由得想起年轻时到琉璃厂买这类文物的“附庸风雅”的心情了！

在琉璃厂过来过去的二十多年中，还能记忆的是路南的有正书局，每年阴历大年初一，店面玻璃窗中贴满了中国古典小说如《三国演义》等的绣像全图，好像看连环图画，也是小孩子所喜欢的。琉璃厂古文物商店的匾额也颇有其特性，题额者多为书法家，在我印象中有姚华（茫父）、张伯英、陆润庠、翁同龢、张海若、祝椿年等，其他记不起来了，但是他们各为谁家题的匾额，已不复记忆。

书店（不是旧书铺）给我更快乐的还是琉璃厂那几家新式书店——商务印书馆、中华书局、北新书局、现代书局。在小学时，每学期开学，拿着书单要到商务和中华去买教科书，是我最快乐的事。商务很大，台阶上去，有左右两个大门，进去后，是一条宽敞走廊，第二道门是转门，起码在六十年前他们就有了转门，可见其洋了。再进去左右是高高的柜台，我形容其高，是因为我是个小女生，柜台要仰望之，我伸长手臂把书单递上去，店员配了书，算了账，跟我要了书款，然后就有一个空中缆绳系着一个盒子，把书单和书款放入盒内弹到账台那边，等一下再弹回来。这样店员就不必一趟趟往账台跑。小小心里觉得这书店好神气，在这样的书店买了书真高兴。有时放学回家路过商务的时候，也会跑上台阶，从这门进去，穿过走廊，再从那门出来，小小的我就这样走走，也满心高兴。中华书局则在商务斜对面，只是一栋平房，气派小多了。除了教科书以外，在小学生时期，曾有多年订阅中华的《小朋友》半月刊和商务的《儿童世界》杂志，那是我课外的精神食粮。记得《小朋友》上曾连载王人路翻译的《鳄鱼家庭》，是我爱读的小说，王人路是电影明星王人美的哥哥，当年写译过许多给小朋友阅读的作品。

北新书局（路北）和现代书局（路南），则是我上了中学以后在琉璃厂吸收新文艺读物的地方。我小学毕业后父亲过世，母亲是旧式妇女，识字不多，上无兄姊，我是老大，读什么书考什么学校都要我自己做主,培养我读书(不是教科书)的兴趣,可以说“家住书坊边”——琉璃厂给我的影响不小。现代书局是施蛰存等一些人办的,以“现代”面貌出现,我订了一份《现代》杂志,去看书买书的时候,还跟书局里的店员谈小说、新诗什么的,觉得自己很有文艺气息了!

如果厂甸用“逛”的,那就不是专属于文人雅士了;逛厂甸儿一年只有两次,就是新历年和旧历年的时候。厂甸的范围原属海王村公园一带,但北伐以前的北京时代,其热闹繁盛要延长东西南北数方里;一整条新华街,北起和平门脸儿,南达虎坊桥大街;还有整条东西琉璃厂,刚好形成十字形。海王村公园里面,摆了几百个摊子,玩具、饮食、玉器等等各有其集中点。这是给儿童及一般家庭妇女逛的。据齐如山先生说,典型的中国制玩具有几百种,过年时候就会全部在厂甸出现了。记得早上起来,在家里就可以听到胡同里赶早班逛厂甸的儿童买的风车、噗噗登玩具,一路风吹、人吹,呱呱山响。饮食摊位则在海王村门口两旁及后面,而海王村里面中央在“北京”时代则搭起一高台子,设许多茶座,是为了逛厂甸的文人雅士携眷或携妓来居高临下风光一番的。这到北伐以后就没有了。先翁曾做“厂甸新春竹枝词”,就是描写当年这种“逛”厂甸的情形。

至于厂甸新春的旧书摊及画棚子，是设在贯通南、北新华街整条大马路上，大画棚子多在师大门口一排，对面附小门前则是旧书摊，都各延伸数里长。文人学者们逛旧书摊，费一上午或一下午是不够的，总要天天来、上下午都来。琉璃厂的旧书铺也在此设临时书摊，但是贵重的绝版古书，当然还得请你到铺里去看了。画棚里的字画，我始终不懂，只是看热闹罢了。但记得那里有很多董其昌、郑板桥的字，八大山人的画，后来才知道，假的多。

在北平居住的二十六年间，不管是否住在琉璃厂附近，都一样几乎每天到琉璃厂这一带来。读附小二年级时，我家搬到和平门里的新帘子胡同，每天得坐车绕顺治门走顺城街到附小上学，但不久开辟一座和平门，打通南北新华街。记得正在动工的时候，也可以从一垛垛的土堆上走过去，觉得非常新奇有趣。从新帘子胡同又搬到虎坊桥大街，这次到南新华街南头儿了，上下学也是得走新华街、厂甸到附小。后来又搬到西交民巷，虽非琉璃厂区，但小学还没毕业，还是得每天到厂甸上学。父亲病重时，我家住在梁家园，父亲去世后，就搬到南柳巷，婚后夫家在永光寺街，全属琉璃厂区。最后几年住在中山公园旁的南长街时，我在师大图书馆工作，仍是每天到厂甸来上班，还是没离开琉璃厂。

琉璃厂——厂甸——海王村公园，对于自幼年成长到今年的我，是个重要的地方。长于斯，学于斯，却是个“家住书坊边，不知书坊事"的人，很惭愧。没有学出什么，只怪自己的兴趣太广，只好从虚荣心上讲，有些得意罢了！

一九八六年一月十四日

文华阁剪发记

文华阁有一个小徒弟，他管给客人打扇子。客人多了，他就拉屋中间那块大布帘子当风扇；他一蹲，把绳子往下一拉，布帘子给东边的一排客人扇一下。他再一蹲，一拉，布帘子又给西边的客人扇一下。夏天的晌午，天气闷热，小徒弟打盹儿了，布帘子一动也不动，老师傅给小徒弟的秃瓢儿上，一脑勺子，"叭"！好结实的一响，把客人都招笑了。这是爸爸告诉我的，爸爸一个月要去两次文华阁，他在那里剃头、刮脸、掏耳朵。

现在我站在文华阁门口了。五色珠子穿成的门帘，上面有"文华"两个字，我早会念了，我在三年级。今天我们小学的韩主任，把全校女生召集到风雨操场，听他训话。他在台上大声地说：

"古人说，身体发肤受之父母，不可毁伤。各位女同学，你们的头发，也是从父母的身体得来，最好不要剪，不要剪……”

我下懂韩主任的话，但是我们班上已经有两个女生把辫子剪去了，她们臭美得连人都不爱理了，好像她们是天下第一时髦的人。现在可好了，韩主任说不许剪，看怎么办！大家都回过头看她们。可是，剪了辫子到底是什么样子呢？如果我也剪了呢？

韩老师正向我们微微笑。她站在风雨操场的窗子外，太阳光在她的蓬松的头发上，韩老师没有剪发，她梳的是面包头，她是韩主任的女儿，教我们跳舞。韩主任一定也不许他的女儿剪发，我喜欢韩老师，所以我也不能剪。

但是我的辫子这样短，这样黄，它垂在我的背后，宋妈说，就像在土地庙卖的那条小黄狗的尾巴，所以她很不爱给我梳。早晨起床，我和妹妹打架，为了抢着要宋妈第一个给梳辫子。宋妈说：“真想赌气连你们的两条狗尾巴剪了去，我省事，也省得你们姊儿俩睁开眼就打架！”

我站在文华阁的玻璃窗前向里看，布帘子风扇不扇了，小徒弟在给一位客人递热毛巾，他把那热手巾敷在客人脸上，一按一按的，手巾上冒着热气，我仔细一看，那客人原来是爸爸！他常常刮了胡子后总要这么做的，我知道，热手巾拿开，就可以看见爸的嘴上是又红又亮的，但是我要赶快回家去了，不要让爸爸看见我。他常对我说：“放学回家走在路上，眼睛照直地向前看，向前走，别东张西望，别回头，别用手去摸电线杆子，别在卖吃的摊子前面停下来，别……”可是照着爸爸的话做真不容易，街上可看的东西太多了，我要看墙上贴的海报，今天晚上开明戏院是什么戏？我要看跪在道边要饭的乞丐，铁罐里人家给扔了多少钱？我要看卖假人参的，怎么骗那乡下佬？我要看卖落花生的摊子，有没有我爱吃的半空儿？我要看电线杆子，上面贴着那张“天皇皇地皇皇我家有个爱哭郎”的红纸条。

我今天更要看看街上的女人有几个剪了头发的？

我躲开文华阁，朝前走几步，再停下来站在马路沿上，眼前这个和我一般大的小姑娘，她扎着红辫根，打着刘海儿，并没有剪发。马路边上走过一个老太婆，她的髻儿上扣着一个壳儿，插着银耳挖子，上面有几张薄荷叶，她能不能剪发呢？又过去一个大女学生，她穿着黑裙子、琵琶襟的竹布褂，头上梳的是蓬蓬的横头，她还要多久才剪发？

我看来看去，街上没有走过一个剪发的。

回到家里来，宋妈一迎面就数叨我：

“看你的辫子，早晨梳得紧扎的，这会儿呢，散得快成了哪吒啦！”

宋妈总是这么嫌恶我的辫子，有本事就给我剪了呀！敢不敢？要是真给我剪，我就不怕！不怕同学笑我，不怕出门让人看见，不怕早上梳不上辫子。可是我就是不剪！妈剪我就剪。爸爸叫我剪我就剪。韩老师剪我也剪。宋妈叫我剪，不算！

宋妈要是剪了发，会成什么样儿？真好笑！宋妈的髻儿上插着一根穿着线的针，她不能剪，她要剪了头发，那根针往哪儿插哪？真好笑！

“笑什么？”宋妈纳闷儿地看着我。

“管哪！笑你的破髻儿，笑你要是剪了发成什么样儿！你不会像哪吒，一定是像一只秃尾巴鹌鹑！”

走进房里，妈妈一边喂瘦鸡妹妹吃奶，一边在穿茉莉花。小小白白的茉莉花还没开，包在一张叶子里，打开来，清香清香的。妈妈把它们一朵朵穿在做好的细铁丝上，她说：

“英子，我一枝，你两枝。”

“为什么？”

“忘了吗？今天谁要结婚？”

“张家的三姨呀！”

“是嘛！带你去见见世面。”

“三姨在女高师念书。”

“是呀！会有好多漂亮的女学生，你不是就喜欢比你大的姊姊们吗？”

“嗯。”我想了想，不由得问，“为什么我要两枝茉莉花？”

“也是给你打扮打扮呀！下午叫宋妈给你梳两个抓髻，插上两排茉莉花，才好看。”妈妈说完看着我的脸，我的头发。她一定在想，怎么把哪吒打扮成何仙姑呢？

可是我想起那些漂亮的大女学生来了，便问妈妈：

“妈，那些女学生剪了头发没有？”

“剪没剪，我怎么知道！”

“张家的三姨呢？她梳什么头？”

“她今天是新式结婚，什么打扮，我可也不知道。可是三姨是时髦的人，是不是？说不定剪了头发呢！”妈妈点点头，好像忽然明白了的样子。

“妈，您说三姨要是剪了发，是什么样子呢？”

妈妈笑了，“我可想不出。”她又笑了，“真的，三姨要是剪了发，是什么样子呢？”

“妈，”我忍不住了，“我要是剪了头发什么样子？”我站直了，脸正对妈妈，给她看。我不知道我为什么这么忍不住，说出这样的话。

妈“嗯？”了一声，奇怪地看着我。

“妈，”我的心里好像有一堆什么东西在跳，非要我跳出这句话，“妈，我们班上已经有好多人剪了辫子了。”

“有多少？”妈问我。

其实,只有两个,但是我却说:“有好几个。”

“几个?”妈逼着问我。

“嗯——有五六个人都想去剪了。”我说的到底是什么话,太不清楚了,但妈妈没注意,可是她说:

“你也想剪,是不是?”

我用手拢拢我的头发。我想剪吗?我说不出我是不是想剪,可是我在想着文华阁的小徒弟扇布帘子的样子,我笑了。

妈妈也笑了,她说:

“想剪了,是不是?我说对了。”

“不,”真的,我笑的是那小徒弟呀,可是,妈妈既然说了我剪头发的事,那么,我就说,“是您答应叫我剪,是不是?”

“瞎说,我什么时候答应你的。”

“刚才。”

宋妈进来了,我赶忙又说:

“宋妈,妈妈要让我剪头发。”

“这孩子!”妈妈说话没有我快,我抢先,妈妈简直就没办法了。

“你爸爸答应了吗?”宋妈总是比我还要厉害。

“那——”我摇着身子,不知该怎么说。

真的,爸爸最没准儿,他有时候说,他去过日本,最开通;他有时候又说,中国老规矩怎么样怎么样的。他赞成不赞成剪头发呢?

他觉得我如果剪去辫子是开通呢？还是没规矩了呢？

宋妈看我在发愣吧，她“哼”的冷笑了一声说：“只要打通了你爸爸那一关。”

“可是你也说不愿意给我梳辫子，要剪去我的头发来着。”

“喝！你倒赖上了，你想要时髦，就赖是俺们要你剪的，你多机伶呀！”

我本来并没有想剪辫子，韩主任也不让我们剪，韩老师也还没有剪，可是，这会子我的心气儿全在剪头发上了，我恨不得马上到文华阁去，坐在那高椅子上，“嘎登”一下子，就把我的辫子剪下来。然后，我穿了新衣服新鞋子，去看张家三姨结婚，让那么多人都看见我已经剪了辫子啦！

“你说给她剪了好不好？”妈竟跟宋妈要起主意来了。

“剪了倒是省事，我在街上也看见几个女学生剪了的。可就是——”宋妈冲着我，“赶明儿谁娶你这秃尾巴鹌鹑呀！”

“讨厌，我才不嫁人！”

“只要打通了你爸爸那一关，我还是这句话。”宋妈又提起爸爸。

“妈，”我腻着妈妈，“您跟爸爸说。”

“我不敢。”妈妈笑了。

“宋妈，你呢？”我简直要求她们了，我要剪头发的心气儿是这么高，简直恨不能一时剪掉了。

“你妈都不敢，我敢？谁敢跟你们家的阎王爷说话。”

“我自己去！”我发了狠，我就是我们家的阎王爷！

妈妈拗不过我，终于答应了。妈说，就趁着爸爸不在家去剪吧，剪了再说。

爸爸这时早已离开文华阁去上班了，我知道的。妈妈带着我，宋妈抱着瘦鸡妹妹，领着弟弟，我们一大堆人，来到了文华阁。

文华阁的大师傅看见来了一群女人和小孩，以为是给弟弟剃头，他说：

“小少爷，你爸爸刚刮了脸上衙门啦！来，坐这个高凳儿上剃。”

“不是，是这个，我的大女儿要剪发。”

“哦？”大师傅愣了一下，小徒弟也停住了打扇子，别的二师傅、三师傅也都围过来了，只有一个客人在理发，他也回过头来。

“没人在你们这儿剪过吗？我是说女客。”妈问大师傅。

“有有有。”大师傅大概怕生意跑了，但是他又说，“前儿个有个女学生剪辫子，咱们可没敢下剪子，是让她回家把辫子剪了，咱们再给理的发。”

“噢，”妈妈又说，“那就是得我们自己把辫子剪下来？”

“那倒也不是这么说，那个女学生自己来的，这年头儿，维新的事儿,咱们担不了那么大沉重。您跟着来,还有什么错儿吗?”

“那个女学生,剪的是什么样式?”妈妈再问。

“我给她理的是上海最时兴的半剖儿。”大师傅是这么一吹。

“半剖儿?什么叫半剖儿?”还是妈妈的问题,真啰嗦。

“那,”大师傅拿着剪刀比画着,“前头儿随意打刘海儿、朝后拢都可以,后头,就这么,拿推子往上推,再打个圆角,后脖上的短毛都理得齐齐的。啧!”他得意地自己啧啧起来了。

“那好吧,你就给我的女儿也剪个半怕丫吧。”

妈妈的北京话,真是!

我坐上了高架椅,他们把我的辫子解散开来,我从镜子里看见小徒弟正瞪着我,他顾不得拉布帘子了。我好热,心也跳。

白围巾围上了我的脖子,辫子的影子在镜子里晃,剪子的声音在我耳边响,我有点害怕,大师傅说话了:

“大小姐,可要剪啦!”

我伸手一把抓住了我散开的头发,喊:“妈——”

妈妈说:“要剪就剪,别三心两意呀!”

好,剪就剪,我放开了手,闭上眼睛,听剪刀在我后脖子响。他剪了梳,梳了剪,我简直不敢睁开眼睛看。可是等我睁开了眼,朝镜子里一看,我不认识我了!我变成一个很新鲜、很可笑的样子。可不是,妈妈和宋妈也站在我的背后,朝镜子里的我笑。是好看,还是不好看呢？她们怎么不说话？

大师傅在用扑粉掸我的脖子和脸，好把头发碴儿掸下去，小徒弟在为我打那布扇子，一蹲，一拉。我要笑了，因为——瞧小徒弟那副傻相儿！窗外街上也有人探头在看我，我怎么出去呢？满街的人都看着我一个人，只因为我剪去了辫子，并且理成上海时兴样儿——半剖儿！

我又快乐又难过，走回家去，人像是在飘着，我躲在我妈妈和宋妈的中间走。我剪了发是给人看的，可是这会子我又怕人看。我希望明天早晨到了班上，别的女同学也都剪了，大家都一样就好了，省得男生看我一个人。可是我还是希望别的女生没有剪，好让大家看我一个人。

现在街上的人有没有看我呢？有，干货店的伙计在看我，杭州会馆门口站着的小孩儿在看我，他们还说："瞧！"我只觉得我的后脖子空了，风一阵来一阵去的，好像专往我的脖子吹，我想摸摸我的后脑勺秃成什么样子，可又不敢。

回到家里，我又对着镜子照，我照着想着，想到了爸爸，就不自在起来了，他回家要怎么样地骂我呢？他也会骂妈妈，骂宋妈，说她们不该带我去把辫子剪掉了，那还像个女人吗？唉！我多不舒服，所以我不笑了，躲在屋子里。

妈妈叫我，我也听不见，宋妈进来笑话我：

“怎么？在这儿后悔哪！”

然后，我听见洋车的脚铃铛响，是爸爸下班回来了，怎么办呢？我不出屋子了，我不去看三姨结婚了，我也不吃晚饭了，我干脆就早早的上床睡觉算了。

可是爸爸已经进来了，我只好等着他看见我骂我，他会骂我：“怎么把头发剪成这个样子，这哪还像个女人，是谁教你剪的？丑样子，像外国要饭的……”但是我听见：

“英子！”是爸爸叫我。

“噢。”

爸爸拿着一本什么，也许是一本《儿童世界》，他一定不会给我了。

“咦？”爸看见我的头发了，我等着他变脸，但是他笑了，“咦，剪了辫子啦？”只是这么简简单单的一句话，唉！只是这么简单的一句话。

我的心一下子松下来了，好舒服！爸爸很高兴地把书递给我，他说：

“我替你买了一个日记本，你以后要练习每天记日记。”

“怎么记呢？我不会啊！”记日记，真是稀奇的事，像我剪了头发一样的稀奇哪！

“就比如今天，你就可以这样记：民国十六年六月十五日我的辫子剪去了。”

“可是，爸，”我摸摸我后脖的半剖儿说：“我还要写，是在虎坊桥文华阁剪的，小徒弟给我扇着布帘子。”

我歪起脸看爸爸，他笑了。我再看桌上妈妈给我穿的两枝茉莉花，它们躺在那儿，一点用处也没有啦！

一九六一年六月十五日

难忘的姨娘

楼下的小猫儿

姨娘在楼下,不知道在跟谁说话。她说:

"怎么这么没记性?跟你说别爬上去玩水仙花儿,就是不听话!要喝水跟我说呀!水仙花盆里的水,也能喝?"

听她的口气,好像是在跟一个淘气的小孩子说话,那是很可能的,因为她有很多淘气的小孙子。孙子们虽都叫她"二奶奶",但跑到二奶奶房里去,爬上了硬木八仙桌,去玩弄桌上摆着的盆水仙,被二奶奶赶了下来,并且挨了一顿骂,这种现象却是不会发生的,因为有哪个孙子能够这么放肆呢?她也不会骂任何孙子的,即使是用像这样亲热的口气骂。她总是跟大家客客气气的。客气可不是亲热，客气是一道幕，距离虽近，但却亲热不得。

姨娘又说话了，溺爱的声音，话不是从嘴里说出来的，简直是从鼻子里挤出来的。她说：

“来吧！来吧！瞧瞧，今儿个是猪肝拌饭。（一阵筷子敲着碗边的声音）看你吃完了还玩老爷子的水仙，我不要你小命才怪！”

这回我听出来她是在跟谁说话了，她是在跟小花儿说话——一只玲珑的小花猫。那只猫大概来吃猪肝拌饭了，因为跟着她又数说了好几大套的话，有善意的教训，温柔的责备，关心的垂询，和一些有情有意的絮语。

我想得出姨娘的那副样子，穿着一套花绒睡衣，粉红颜色的，很旧了。早晚在外面加上一件黄色毛巾布的浴衣——人家是洗完澡或运动完了才穿的，她是当御寒的晨衣。屋里的德国大洋炉子，还烧着微微的火，房门是敞开的，因为冬天快过完了，这是阴历的正月底，按规矩，一进二月，就该撤火了。

年年有人送公公几盆漳州来的水仙。过年的时候正开花，碧绿的叶子用红纸或金纸条缠上一圈，是怕长叶子散开，也为了添几分过年的气氛。现在水仙已经谢了，红纸条仍缠在叶子上。盆里的水换得没那么勤了。那只玲珑的小猫儿，伸着它那敏捷的小红舌头，正向水仙花盆里舔水喝。高兴起来也许用爪子去抓两下红纸，或者盆里铺的一层雨花台的石子。

姨娘跟它有情有意地数叨了一大阵子，才听见它吃饱了“喵”了两声。

当然，有时候小孩子们也到她房里去的，所以我分不清她是不是在跟孙子说话。后来我才知道，她大半是跟小花儿说话，而且，她越闷得慌，跟小花儿的话越多。

姨娘对待畜生那样过分人格化的情形，也真教人看着肉麻。她吃饭，小花就卧在她的怀里，等候着她的饲喂。早晨的牛奶，总要在杯底剩下两口给它舔。她和公公一起吃饭，小花儿当然也参加，她还特别安慰小花儿说：

“今儿个你可有好的吃喽！”又转向公公，“老爷子，吃鲫鱼可要给我们把鱼刺留下呀！”

然后，公公刚吐出来的刺，她就连忙拿过来，放在自己的掌心上，让小花儿在那上面舔着吃。

当然有人把这些情形，从公公和姨娘住的楼下，带到婆婆住的北房堂屋里。婆婆知道了冷笑了一声说：

“嘿！这个老爷子现在跟畜生一桌吃饭啦！”

有鲫鱼和火腿这类好菜，差不多都是婆婆特别烧了给公公送过去下饭的。我们是大家庭，却是合住分炊。公公和姨娘是一份，婆婆带着未婚的儿子们一份，凡是结过婚的儿子们，又各抱房头。婆婆一生不懂得丈夫究竟官做到多大，钱赚了有多少，她只知道要使丈夫儿女吃饱穿暖。她没有娱乐，一年就听（勿宁说看）一回戏——七月七的牛郎织女天河配！一年就打一回牌——三十晚上的对对儿和！其余全是忙吃的。她不认识字，却有她自己的生活态度和人生观，她说："要饱早上饱，要好祖上好。"所以她从早上起来就忙吃的。

婆婆也恨公公，恨他在和她生了九个儿女之后，又娶了一房姨太太！可是她仍然不忍心，煮了美味的家乡菜，总要把头一份给公公送过去，明明知道她的情敌也坐在桌上享用。

一生就做错了这么一件事

公公在沉痛之下，曾对儿子们说：

"我一生就做错了这么一件事，对不起你娘。"

他又解释说：

"我不过是为了和朋友赌一口气。"

但毕竟姨娘还是公公的爱妾吧，她十八岁就跟了公公，还是一个完美无瑕的大姑娘。公公究竟是和哪个朋友赌的气？那经过是怎么回事？家里没有人知道。当年的公公，是个风流潇洒的才子，宦海得意，他接姨娘建筑"爱巢"，最初是在城南的贾家胡同。在那种时代，有个一房两妾，不算什么，但是在我们这个古老的读书人家庭，就显得突出些。因为他的姨太太，不是那种丫头收房，或买来一个贫苦人家的姑娘，而是娶的当时城南游艺园里唱老旦有名的坤伶林曼卿。

在她的五斗柜上，立着一个八寸的镜框，里面的照片，穿着男装，是姨娘的林曼卿时代。三块瓦的皮帽，长袍上是一件琵琶襟的坎肩，后面却拖着一根松松的长辫子。这是民初坤伶流行的男装，像制服似的，几乎每个坤伶都是这样穿着。姨娘把它摆在柜子上，想必是她心爱的照片，也许是她对当年短短舞台生活的一点纪念。可是她自从跟了公公以后，洗尽铅华，不要说绝口不提她的舞台生活，就是连哼也没哼过一句戏词儿！如果有人要说出“坤伶”两个字，都会犯忌讳呢！在她的面前，我们说话真是要小心又小心。倒是有一次我下楼来，听见她在随口哼哼，但哼的却是青衣。

在我们那个旧家庭里，对于身世的重要，远超过金钱。我想姨娘也是为了这，才死心塌地的，在跟了公公以后，就把唱戏的一段过去，整个的埋葬了。她不但要让别人忘记，也要让她自己忘记，所以才这样做吧？

她曾经洗砚研墨，跟着公公学字学诗，也风雅过几年。我不以为公公所说的“我一生就做错了这么一件事”是一句由衷的话，我想她仍然是公公的一个爱妾，只是公公在老妻和那么一大堆儿女面前，不愿过分表现对她的情意就是了。然而，从公公的许多诗词文章中，字里行间都有和姨娘的爱情的履痕屐迹在啊！公公在文中多称姨娘为“曼姬”，他偶然也提到婆婆，他管婆婆叫“健妇”。

携曼姬游

在公公的风流文采中，诗词曲赋，是他的专长。每有游，必赋诗，这本是旧文人抒情寄意的所在。然而公公每游必携曼姬，所以诗词中多有“携曼姬游”的字样，就这些，还看不出公公对姨娘的情意吗？

公公北伐前在关外做官的那个时期，该是姨娘最风光得意的年代了。她跟着公公在关外逍遥自在地住了几年，上头没有“大”，底下没有“小”，她是唯一的一个。姨娘省吃俭用，舍不得花钱，“抠门儿”得出了名，有几箱子皮货，都是当年在关外得来的。东北物产丰富，公公也时常给家里带来许多贵重的东西，像阿胶、人参什么的，无非都是在官场上人家送的礼品罢了。婆婆的箱子里，也有一些皮子，无论是灰背或脊子，狐腿还是狐筒子，全都是陈旧穿了几代的传家宝，哪像姨娘的那些皮货，那么油亮轻软哪！

北伐成功，新的时代开始，公公自宦海隐退，享受他的晚年了。以诗曲娱余年，又有曼姬陪在身边，该是一大乐事。公公每年回一趟金陵故居，都是曼姬相伴。携曼姬游秦淮河、游虎丘，也都有诗文记载。

倒是可怜婆婆，一生守着子女，跟着公公来到了北京，就像一株移植的树木，扎了根，忙着添枝生叶，再也没有南游故居的可能了。

但是这样美好的岁月并不长。我记得当我结婚后的第二年，姨娘做四十岁。公公用洒金的红纸，给曼姬写了一篇祝词，四六骈俪，寸楷字，写出了和她念载相携的恩爱。公公的大字我不太能欣赏，反倒是寸楷字最匀实。他写字从不用好笔，这才是真正书家的本事。那篇祝词裱好了，挂在楼下姨娘房里，阳光照射在洒金纸上，闪着红光，红光映在姨娘的脸上，绽开了快乐的笑容。这仿佛是我所看到的姨娘最光彩的一天，此后不再有了！因为大家庭的日子渐渐难过，家里倒下了几个肺病患者，姨娘也在不太严重的情形下倒下了。

北平的肺病名医卢永春，我们家成了他的常主顾。有切肋骨的，有打空气针的，各种不同的治疗法，施于个个不同情况的肺病上。姨娘据说是因为肺里有了洞，所以用打空气针的治法。气打足了，人倒胖了。因此家里就有人说她是假病，倒下来是为的跟老太爷撒娇。说撒娇不如说“要挟”更合适吧！可是她又有什么可要挟的呢？

过继一个儿子

在我们还没结婚前，我就听说公公要给没有子嗣的姨娘从婆婆那儿立一个儿子。婆婆有本事，一连生了八个儿子，姨娘选中了老七。老七的性格很大方，不拘小节，也不计较别人，容易相处。姨娘看中了这一点。儿子说是过继给姨娘，还不仍是婆婆的！公公为了哄婆婆，说得好："她手里有些什么，立了儿子，将来还不是夏家的。"

婆婆撇着嘴说："嗤！儿子我有的是，要拿就拿去嘛！"可是心里实在老大的不愿意，没有理由，是莫名的酸气在作祟，要闹一闹就是了。

为了儿子和新媳妇要在客人面前公开给姨娘叩头的问题，惹翻了婆婆和姨娘。姨娘说："儿子我不要了！"婆婆说："我收回来就是！"中间难为了公公和新媳妇。因为订婚时候，新媳妇已经接受了由姨娘出资买的贵重首饰，现在要她再接受婆婆的命令不许叩头，可教她怎么办呢？最后还是新夫妇偷偷到姨娘房里去叩头了事，但是已经种下了不愉快的根。

婆婆常把另一件小事告诉人：

"她当年进门来时，跟我商量说：我就管你叫姊姊，你就叫我妹妹吧！可是我没答应，说这样太麻烦，我不会姊姊妹妹的叫！"

当然，姊妹相称可以提高姨娘地位，婆婆怎么肯呢！也由此可见，无论在外表上看起来，姨娘是怎样地得宠，但在这以婆婆为主的四十多人的大家庭里，她实在是孤立的。

姨娘的娘家，父亲是早就没有了，哥哥我们从来没见过，倒是她的老母亲，被称做“林老太太”的，有礼貌上的来往。

每年三节两生日，林老太太会来应酬应酬的。她七老八十了，步履安健，是个十足的旗人老太太。公公婆婆的生日，每年都会有亲戚来拜寿吃晚饭，但是林老太太来临的时间，却在上午十点。如果是公公的生日，她就说：“给姑老爷道喜啦！”

如果是婆婆的生日，她就说：“给寿星道喜啦！”

然后，她独自在堂屋里，吃着厨房早就准备好的一碗寿面。午前就完成应酬，提先回去了！

这就是一个因身份不同而安排的不同待遇。因为如果林老太太下午来了，到晚饭时候，在许多亲戚中间，是没有办法安排她的席位的。

姨娘和所谓她自己的儿媳妇，并没有相处得很好，因此她对本来应当像她自己孙子一样的老七的孩子，反倒更客气，更没感情。

后来的几年，她显得那么消极，在楼下躺着养病的日子，就听见她和小花猫儿说话。她躺够了，就起来收拾收拾，回到她的老母亲那里去住住。生活没有那么整洁了，因为长年躺在床上，浴衣和睡衣,都溅满了饮食的油渍。

更不要说和公公同出共游了,就是连中山公园的春明馆,她都不跟公公去。公公在夏季,每天习惯到春明馆去坐坐,下一盘没有结局的围棋,冬菜面来了,就把黑白棋子一和乱,吃了面,带着刚升上来的星光,他独自回到家里,心情寂寞可知。他爱姨娘,又怕婆婆,可有什么办法呢?

公公比姨娘大了将近三十岁。她一生跟着公公,想叫婆婆做姊姊,想立婆婆的儿子做儿子,何尝不是想生为夏家人,死为夏家鬼呢?然而她从十八岁姓了夏以后,几十年了,似乎也没得到什么。我想,我真实的,还是得到公公对她全心的爱吧?

我们离开北平的时候,公公、婆婆和姨娘都还健在。后来知道了婆婆去世的消息。不知道公公是否还健在?他今年也近九十了。更不敢想象现在六十出头的姨娘,是在怎样地生活着?人生再没有比孤立和寂寞更难堪的了。如果公公说他一生就做错了一件事,这一件事,应当是怎么个说法呢?

一九六三年八月一日

吹箫的人

南屋常年是阴暗潮湿的，受不到一点阳光的照射。北平人说："有钱不住东南房，冬不暖，夏不凉。"真是经验之谈。我虽然把两明一暗的三间南屋布置成很好的客厅——缎面的沙发，硬木的矮几，墙角的宫灯，仿古花纹的窗帘，脚下是软软的地毯；但是我们都没有兴趣到南屋去，熟识的朋友来了，也还是习惯地到我们起居饮食的北屋来坐。

就这样，我们整年地把南屋冷落着。小三合院中心一棵好大的槐树，像一座天棚，整个夏天遮盖着这院子，但是南屋更阴暗了。秋天槐花落了满院子，地上像铺了一层雪。我一畚箕一畚箕地扫着，心里就打着南屋的算盘；煤这样贵，今年冬天我不打算在南屋装洋炉子了。把去年留下的两个炉子的烟筒挑一挑，用在北屋的一个炉子上大概够了。铁皮暴涨，烟筒省一节是一节，大家都尽量把炉子装得移近窗户，这叫做“缩短防线”。我又想，为什么不把南屋租出去呢？既节流，又开源。

这个生意说开了去，大嫂很快就引来了一位房客，她给我介绍说：“咱们南京老亲端木家的三太太，你仿佛说过，在中学里教过你地理的，就是三先生。”

我说：“是呀！端木老师不容易被人忘记，他的……”

“他的眼镜。”端木太太立刻微笑着接腔。

回忆到学校的生活，我很开心，我大笑着说：“是的，眼镜，还有冬天那条长长的围巾，脖子后面总拖着那么长的一大截，飘荡着。”

据说端木家这门老亲，和我们攀来攀去，算是平辈表亲。端木朴生老师已经死了十多年了。这位端木太太因为一直在外面做事，所以大家都称呼她一声“朱先生”。我对端木老师的印象，也只是那掉在鼻梁中间的眼镜和长围巾这一点点而已，他实在只教了我连一学期都不到。

虽说是平辈，朱先生比我年纪大多了，已经两鬓花白。她虽憔悴，但很稳重，也整洁，眉目间藏着年轻时代的风韵。这样的形容似乎很矛盾，但她给我的第一个印象确是这样。

她是从东城她的亲戚家搬出来的，因为她在师大的图书馆工作，住亲戚家虽然方便，只是离学校太远，往返不便，我们家可离师大很近。

“老胳膊老腿儿啦！让我来来去去地赶电车，我也追不上，到了冬天，骨头节儿就仿佛泡在醋里，那么酸痛，真不是滋味儿。”她苦笑着说。

但是我想到阴暗的南屋租给这样一个独身而患着风湿的老女人住，而我这年轻健康的却住着阳光普照的北屋，倒有点不自在，我只好说：“只要朱先生不嫌房子小，不嫌我三个孩子吵闹。”

朱先生搬来的时候，槐树叶已经掉完了，光秃秃的枝子在冷风里挺着。南屋里我们原来的那一套家具，都移到北屋来，北屋显得拥挤，但是却像暖和了些。太阳从宽大的玻璃窗透进来，照到紫红色的沙发上，发着亮光，摸摸是热的。我很喜欢这种气氛，抱着孩子坐在沙发上，望着南屋朱先生在忙碌；盆儿呀，罐儿呀，煤球呀，都堆在南屋房檐下的石阶上。那地方原来我都摆着菊花，现在这么一来，原有的一点儿艺术气氛就没了。

宋妈和朱先生的一个侄女在帮着整理，中午我当然邀她来我家吃饭，她进屋来先在洋炉子旁烤着搓着她冻得发僵的两手，看着墙上挂的我和凡带着三个孩子的照片说：“一个人也是一个家，什么都扔不下，就像蜗牛壳似的，再简单，也得把它背在身上，带来带去。”

她没有生育过，体态较少变化，也可想见她年轻时的轻盈。她如今穿着青哔叽的罩袍，平平贴贴，一点褶痕都没有，我只觉得她太整洁了。听了她的话，不知是出于安慰还是真的感觉，我说：

“我现在就觉得一个人最舒服，三个孩子加一个丈夫，真乱死我了，我常对凡说，真希望能离开你们，清静几天才好。要知道，伺候大人，也不比伺候孩子省事。”我最初是为了安慰她的孤寂而故意说出羡慕她的话，但说来说去，也说出了我的牢骚。

“别这么说！”她笑着止住我。

“这是真话呀！”我也笑着说。

“真的离开了，你又不放心了。”她说着拍拍我的手背，仿佛我是一个不懂事的孩子。

她搬来后，每天早出晚归，冬天日短，回来后，天都快黑了，大家都缩在屋里过日子。窗帘拉上，探到炉中去的尾巴壶的水滚开着。孩子的吵闹欢笑声，使我应付这三间北屋里的生活，已经来不及了，这晚上的几小时简直就和屋外隔绝了一样。有时我会猛然想起，对面还有一家新街坊呢！也想着到朱先生屋里去谈谈，像拜访朋友似的。但是等到夜静后，我也疲乏了，掀开窗帘一角向南屋看去，外屋的灯已经熄了，里面是她的卧室，低烛光的灯亮着，怕她已经就寝了，也就不好去打扰。有一两次也仿佛听到乐器的声音，但被孩子或客人的说笑声遮盖了，就没有注意。

我是一个贪睡的人，冬夜起来弄孩子，真是一件苦恼的事，我常想恢复我的职业生活，然后多雇一个女仆，把孩子交给她去管，我就可以一觉睡到大天亮，是多么舒服！我连续生了三个孩子，实在已经有六年不知道睡整夜觉的滋味了。

那天我夜半醒来，给孩子换好尿布吃过奶，就翻来覆去地睡不着了，忽然哪里传来低低的音乐声，我仔细地听，才觉出是南屋朱先生在吹箫。夜静静的，那箫声就仿佛是从山间来，从海边来，从长街来，幽幽的，钻进了人的心底。我竟幻想着朱先生吹箫的姿态，像是她坐在半空中，又像是远远地从海边走过来。迷离中我感到寒冷，原来是窗纸白天被小猫抓破了一个洞，冷风钻进来，吹到脸上。我翻身理好棉被，向里面钻了钻，用被蒙住半个脸，才觉得暖和些。那南屋里的女主人是多么寂寞！我不禁关心起朱先生来。“闲夜寂以清，长笛喨且鸣”，不记得在哪儿看过这么两句诗，箫声低于笛声，但是在清寂的闲夜，就仿佛是一步步地逼进耳朵来。过了好久，我才睡去，不知是她的箫声先停，还是我先入梦乡的。

第二天晚上，我惦记着过去找朱先生谈谈，便把孩子们早早弄上床。我不知道她喜不喜欢闲聊，很想把毛线也带过去织（织着毛线谈话是最快乐的），又怕那样显得是要在她屋里待很久，结果从缸里拿了两颗腌白菜，送给她就早点吃，算是以此为题。

南屋里靠窗子摆了一张八仙桌，她工作、吃饭、会客都就着这张桌子，所以上面摆了茶具，也摆了文具，电灯便从屋中拉到窗前的桌上面。炉子刚添上硬煤块吧，劈劈剥剥的响着，炉子上炖了一壶茶，她喜欢喝酽茶，搬来的头一天我就知道了。我推门进屋时，她正一个人坐在桌前擦箫，这情景很安静。我从自己乱烘烘的屋子过来，格外觉得舒适，昨夜那种替她孤寂的感觉没有了。但是我却仍要把那感觉告诉她，我说：

“昨夜是您吹箫吧？”

“罪过，吵了你了。”

“哪里，”我赶紧接口说，“我睡觉大炮也轰不醒，是昨夜起来给孩子冲奶听见的。那调子听得心酸，只觉得像没了着落。说实话，好一会儿我才睡着，不然每天我扔下奶瓶就睡着了。”

“以后夜里可不能再吹了，你带孩子，害你睡不够。”她抱歉的说。

“不，”我赶忙阻止她，“也只是碰巧我那时醒来，否则再大声音也听不见的。我觉得有时也应当让孩子吵闹以外的声音，陶冶一下我的心情，让这声音带着我的思想到更广阔的境界，您的箫声使我想想这，想想那，也是很有趣的。”

“那么昨夜你想到什么了？”她直看着我的脸，认真地问我。我倒不好意思了，说：“想得很多呢！”

她起身又去墙上取下一支笛子来，也在擦拭着。我说：“也吹笛子吗?”

“不,我吹不好,是朴生吹的。”

对于这种箫啦笛啦的乐器,我知道得太少了,她不说话,我就没话可接了。我心想送了腌白菜已经完成了人情,可以站起身回屋去了,幸亏没把毛线带过来,正这么想着,朱先生又说话了:

“想不到朴生那样子粗心大意的人会吹笛子吧?他吹得好着呢!”

“是的,从表面看起来,端木先生是不拘小节的,也许玩起乐器来很细心吧?”

“他在这方面是满细心的,我却是个粗人。”

“您要是粗人,我更不用提了。”我说着笑了,又问她,“端木先生活着的时候,你们一定常常箫笛合奏吧?”

她看了我一眼,点点头。

“中国的乐器有几种是适合夜阑人静时独自演奏的,箫或笛便都是。以前夏天晚上我们常常在北海的小划子上吹奏,那才有意思。”

我可以想象得出那种情趣来,因为夏夜在北海划船,常可以听见从水面传过来的口琴声、留声机声,以及情侣们的低吟浅唱。这种生活的享受,我和朱先生都没份儿了,她是失去了伴侣,我是因为增加了累赘。我对朱先生说出了我的感触,她也有同感。

我又问，她和端木先生，是谁先对这种乐器发生兴趣的？

她今夜很兴奋，听我这样问，便擦拭着那根笛子说：

“说来话长呢！你问问南京的老亲都知道一点儿，当年先父是不赞成我和朴生这门亲事的。原来我们两家都住在北京，而且是世交。朴生在北大，我在女高师，读书的时候就认识了。毕业以后又同在一个学校教书，虽然接近的机会多了，并没什么密切的来往。不知从什么时候起，他忽然给我写起信来……”

“情书吗？”我听得有趣便插嘴问。

“敢！”她骄傲地说了以后，又天真地笑了，仿佛回到年轻的年月，她就是那无上威风的女生。“他所写的无非是讨论学问思想，当然字里行间也带着些情意。我一封也不回他，随他高兴就写他的！”

“见面说话不说？”上一代“新人物”的恋爱，在我们看来有时是不可想象的，所以我不由得想多问几句。

“见面应酬话是说的，但他可不敢提写信的事，我只是在说话间透露出，我已经看过他的信就是了。”

“多有意思！”我不禁惊叹。

“民国十七年北伐成功后，迁都南京，端木一家都回南京了。这以前，他家曾央人来求亲，可是先父一口就回绝了，我连影子都不知道。家里只知道我和他同事，并不知道他写信的事，那年月，我们虽新，可是家庭还守旧得很呢！我们再开通，也是半新不旧的，因为许多地方仍要顾到古老的传统，不能一下子就变过来。他家回南京时，他也同去了，因为他是独子。他回南京后信写得更勤，这时的信就明显地表现出他的意思了。”

“那么这回您该回他信了吧？”我问。

她笑笑摇摇头，接着说：

“可是有那么一天，他事先并没有写信提起，竟在学校里出现了，当然使我很惊奇，但他不远千里而来的坚决情意，也不能说没感动我。这时我已经知道父亲拒绝求婚，所以答应和他在学校以外的地方见面，瞒着我的家庭。见面也只是见面罢了，我还是无意的。直到有一次，我们学校几个接近的同事相约到北海赏月，大家带了乐器去，我吹箫是许多人都知道的，在北海的那天晚上，我才知道朴生吹笛子。我独奏《梅花三弄》，他竟悄悄的，悄悄的，吹起笛子来随着我的箫，吹着吹着，我们就变成二重奏了！……”

朱先生说到这里，起身到炉边去拿炖在火上的那壶酽茶，给我斟了一杯，她自己也斟了一杯。然后又用煤钩子去拨弄那炉火，炉门一打开，火光反映到她的脸上，红亮亮的。我两手捧着那杯茶，停了好一会儿没说话，看着她的脸，脑中幻想着当年夏夜北海箫笛合奏的情景，仿佛我也是客人中的一个。我不由得笑说：

“那首《梅花三弄》一定是您和端木先生的定情曲啦！”

她笑笑，回到桌前坐下，从桌上拿起那支笛子。

"喏,始终是这支笛子陪着我,这么些年了。他走得匆忙,留在家里没带着,笛子留下了,吹笛的人可再没回来了呢!"她不胜感慨的说着,把笛子又挂回到墙上。

"端木先生教我们的时候,您和他已经结婚了吧?"我也回忆起那吹笛的人。

"他教你是哪年的事?"

"民国二十年,我在初中二。"

"已经结婚喽!我们结婚也还是经过一场奋斗呢!虽然我答应了他的求婚,但是不能得到父亲的谅解。他放弃了父亲给他在南京中央政府找到的好职位,来北平做个中学教员,他的母亲也不满意他,这一切还不都是为了我。父亲后来总算勉强答应了,也还是有婚后仍住在北平的约定。"

"对于您来说,还是那笛子的力量吧?您的婚姻故事多么美,它使我想起了'吹箫引凤'的故事,您是那弄玉,端木先生正是萧史……"但是朱先生打断我的话,说:

"萧史和弄玉是夫妇双双飞升而去,我们可是一个飞了,一个还在这儿挣扎求生呢!"

"在心灵上,您仍是和端木先生在一起的,您的夜半箫声,怎么能知道他不是在冥冥中也跟您在合奏呢!"

爱情的故事,常常是因为那爱情发生了障碍,才使得故事更美，更动人。我后来听大嫂说，当初朱家的老太爷不答应这门亲事，是因为端木先生是庶出的关系，母亲的出身微贱，在家庭中没有地位，连带着儿子也遭了殃。端木先生排行第三，前面还有两个相差很多岁的哥哥，是嫡出的。在那讲究门第与身世的上一代，怎能怪他们为儿女的多方操心呢？可惜这一对在新旧时代交替中奋斗的夫妇，在如愿以偿之后，终不能白头偕老，他们只有短短不到八年的相守。端木先生是七七抗战那年由北平到内地去，在一次汽车失事中丧命的。死的意外，生者难堪，她怎么能不日日以箫声唤回那荒野中的孤魂呢！箫声可以使她回到往昔月夜泛舟的情景中去，无怪其声哀以思了。

有一次在偶然的闲谈中，又提到了她的箫，她曾这么说过：

“没有孩子的夫妻和有孩子的夫妻，毕竟是不同啊！看你们小两口子虽然有时拌嘴，但是半天不到你们就忘了，因为有孩子一打岔就过去了。我们可就不同喽！婚后的现实环境，到底不是婚前所想到的，我从小到长大什么苦头都没受过，所以有一点点不遂意，就使我几天不愉快，不和朴生说话。长日无聊，我只有吹箫来解心头之闷。常常在这种情形下，朴生便也不知什么时候，拿起笛来，和着我一起吹奏了。这样，一根笛一根箫，便像你家的老大和老二，把我们的不愉快，无形中岔开了。”

我听说过，朱先生在婚后和婆母不和，这也是常引起他们夫妻不愉快的因素，端木先生在母亲的独子与爱妻的丈夫的夹层中，常常左右为难。据说在端木先生死后，婆媳反倒相安无事了。

一个冬天在蜷缩中过去了，今年春暖得早，阴历的正月过不久，家里的火炉就拆了。屋门敞开着，孩子们就骑在屋门槛上，享受着春日的阳光。但是南屋的炉火挨到阴历二月才拆除，因为朱先生在闹病，她有畏寒的毛病。上班也就是那么回事了，年轻的男女同事们听说她病了，倒是常常来看她。有时她们带了菜来做，哄着她说笑，像女儿对妈妈似的。

开春以来，她就很少吹箫了，看见墙上挂的笛子，我总会想起箫，也偶然问她：

"朱先生，好久没吹箫解闷了吧？听您吹箫，对于我也是一种享受呢！"

"提不起兴趣。怎么？又想听着箫声想心事吗？"

"其实我听着箫声，多半想的还是您呢！"我玩笑地说，但的确是实在的话。有一次连偶然读到杜牧的"青山隐隐水迢迢，秋尽江南草未凋，二十四桥明月夜，玉人何处教吹箫"的诗，不知怎么都联想到端木先生了。

交夏以后，时局急转直下的紧张起来，五月间凡去上海看全国运动会的热闹，到八九月，我们就筹划着到台湾的事了。要离开一个倚赖了多年的地方，真不是一件容易的事，我没出过远门，一下子就让我来个大迁徙，说实话，我连行李都不会捆呢！

“我留在这儿慢慢地打理，你一个人先走，你到台湾都安顿好，再来接我们。”我对他曾经这样建议，并且在屡次讨论时，都坚持这个主张。

这时宋妈来告诉我，朱先生请我过去一趟。她病病怏怏地躺在床上，我真抱歉不安，好多天都把她忘了，只顾闹我自己的情绪。

她倚在床栏上，用责备的口吻对我说：“为什么不跟着丈夫一起走呢！兵荒马乱的时候，不要分离，一家人的手还是紧紧捏在一起的好，更不应当在这个时候闹别扭。”

她一定是从宋妈的嘴里知道这一切的，我告诉她我不安的情绪和一些困难。她忽然拉住我的手，悲痛地说：“如果十二年前我和朴生一道走，我今天的情形也许不是这样子了。”她说着拍拍盖在身上的那条被。“我跟你说了那么多我和朴生的事，只有这一件没说过。”她停了一下，好像要拣个最合适的方法说出来。“在七七事变前，我因为家庭的苦恼——你知道就是为了朴生的母亲，和朴生闹得很不愉快。七七事变一起，朴生和我商量说，把母亲送到上海跟大哥过，然后我们一道南下。但是我不肯，我要他把母亲送到上海去，自己南下，我要先在北平清静清静。无论他怎么说，我执意不肯，直到他已被敌人注意而不能不走了，一切都来不及打算，便先离开北平。到上海他来信说，情绪很不好，因为担心着我们婆媳的安全，又想到没来得及安排我们的生活就离开了，心中始终是不安的。他要我仍及时准备，立刻和母亲到上海去，他有半个月的时间可以等待。我接到他的信，虽然心中略有所动，可是始终不肯去跟婆母商量，半个月这样拖过去了，朴生在上海不得不动身南下，还没走出江苏省境，他就死了。你不能让一个人不安地离开家，是不是？心中不安就会有不幸，这常是连带的。总要生活在一起，才能彼此安慰与照顾。听见没有？”

她的一大篇话，使我恍然明白这一对夫妻的整个故事，我一直知道的是那前半部完美的，但那一时的过错，却能使一个人永生赎不完。朱先生的箫声，不只是怀念和幽怨，还有着遗憾与忏悔，所以那声音才使人心弦震动。

晚上我同意了凡的建议，我们一起到台湾去，他感动而欣慰地吻着我，并且紧紧地捏住我的手。晚上我睡在被里，忽然听朱先生又吹起箫来，声音是那么微弱，一个调子重复了几次，都吹不成腔，想着她白天为我说出她隐藏了多年的秘密，真是肺腑之言，但是我们就要离开她了，而她又正在病中。

来到台湾以后，立刻就给接住北屋的弟妇写信，除了报告平安抵达之外，还问候朱先生的病况，弟妇回信却没提起，她准是在匆忙中忘了。很迅速的，以后就音讯不通了。

在台湾，十年的厮守，全凭朱先生的一篇爱情的故事。朱先生如果还健在的话，算一算，当年在太液池上吹箫的女人，如今已是望七之年了。

一九五九年一月

我的美容师

“你的美容师来了!”

可不是,我的美容师来了。她进门就喊热,脱下了那件咖啡色的毛背心(她厦门街开杂货仔店的外甥媳妇给她织的),然后说:

“今天真烧热,早起我出来时还冷呢!到了大学寮的太太那里,就烧热起来了。”

“你早上已经走了几家了?”我问。

“七八家啰!”

真使我佩服,我这时不过刚梳洗完毕,早点还没吃呢!唉,我的脸刚化妆好,她却又要重新给我收拾了,好不好我请她明天再来……我这样想着,她却开口了:

“前天我来,你在睡觉,昨天又说你到木栅去了。”

一点也不错,因此她今天算把我捉住了,我怎好说不呢!

她已经在找地方了,并且很熟悉我家家具的情形,搬来了两张凳子,一高一矮;高的她坐,矮的我坐。她在估计阳光照射的位置,为的好把我的面孔放在亮处对着她。

有点不由分说的味道,我刚咬下两口烧饼,她已经坐到高凳上了。手里握着她那化妆箱,不,她那化妆包,在等着我了。

我把咬剩下的半个烧饼扔在桌上,赶快就位,我坐在她下面的姿势,就像一个小孩等待妈妈喂饭一样。照例的,她一边打开小布包,一边望望我的脸,我猜想她又要夸赞我的脸说"皮肉真正细"了,但是她没有,却一本正经地在我脸上注视了那么一下子,也许她看到我脸上的黑斑更多,皱纹更深,当有无限感慨,她来给我美容有七八年了呢!谁知她在注视过后却说:

"鼻子真好,没见过有你这么好的鼻子的!"

我想笑了,她怎么忽然注意起我的鼻子来了?也许,真是脸上的黑斑和皱纹使她没法夸赞了,只好转移到鼻子上来。

言归正传。她打开了小布包,拿出来她的美容工具,没有外国货,全是本省产品。工具是很简单的,不要笑话她,只有一盒粉、一团线和一把小锥子,还有两条破布带子。

她先用布带子绕头把我的前发向后拢了系上,然后打开那小纸盒,拿出来一小块新竹粉,朝我脸上东一涂、西一抹,立刻我就成了三花脸。

小锥子拿在手上，大拇指横按着它，在我的脸上开始拔取较长的汗毛，但那是要限制在额头和两鬓，因为皮肉下面是骨头做底子，才好把锥子横按在上面。汗毛被拔起时，会刺痛的，但并不严重，严重的是用线来绞。

她今天换了一轴新的线，当她把线头咬在嘴里，并且用手绕好了以后，对我说：

“这轴线是日本线，结实得很，二十年喽！我阿嫂她阿婶送我的，现在没处买喽！日本制。”

什么都是日本制的好，但那也不是瞎话，从头到尾就没断过，它在我的脸上绷直了绞来绞去，每一根汗毛都被绞离了肉皮，沙沙地响，刺刺地痛，那种痛使我浑身打冷战，但是我愿意接受它。它痛得很干脆，大概就是“痛快”的痛了。我们俩有一会儿没有说话，她在专心地替我美容，我心里想着快绞到最痛的地方了。那就是眼睛下的地方，那里的肉已经松软了，如果不小心，就会连那松弛的肉皮一起绞起来，所以我很怕，总是支持我全身的力量去应付它，她却是轻轻地、熟练地，在那多皱的肉皮上绞取那极为微小的汗毛，绞两下，我就说：“好啦！好啦！”但是她不肯罢手，“喏，还有一点毛。”她的眼力真好。

这时她大概为免除我心里的紧张，总喜欢跟我说些闲话，她说：

“你知道圆环那间酒家吗?”

我说:“什么酒家? 多得很,我不知道。”

“就是那间三层楼的。我一去,她们大家都爱我给她们挽面(台湾话管绞脸叫挽面)。都说,你挽面都不会痛。”

她在紧要关头的时候,这样吹牛,又这样哄我,使我想起了我动大手术的那一次。当麻醉药用上了以后,医生教我数数儿,他忽然亲切地说:

“我们是小同乡呢! 我们的家乡真有了不起的人物,你有一支笔,我有一把刀……”

我刚刚数到七,听他说得我满高兴的,可就昏迷过去了,终于他一刀开下来,我被缝了三十六针!

现在我的美容师的牛也吹得恰到好处,“眼下”的一关过去了!她每次来都带了许多我们妇女界人物的消息来,那些人物我都不认识,但被她说得很熟悉了。而且那些人都离我不远。

“从你们这里去,快要到明星戏院的那位外省太太,给我挽面挽了很多年,她真爱我给她挽,搬了家还教人来找我去。”

要不就是:

“就是从你们这里再弯过去那条巷子里,在南昌街开药店的头家娘,前几年满面都是毛。开头时,她跟我说,你半个月就要来一次啊! 现在我两三个月才去一次,喝! 现在她的脸是幼迷迷的!

是真正幼迷迷的！她说，你挽的全不会痛。她真爱我挽。”

人人都爱她，不知道她在别人那里，怎么把我吹给人家听呢！

绞完脸面还要绞一绞后颈上的“后毛脚”，那也是一个使人打冷战的地方。两条所谓“后毛脚”，延长到脖子上，很不整齐，我的美容师，她要给我整理一番。

她这回用手往下硬揪，刷刷刷的，连根儿拔。我忍住了痛，听她赞美我：

“毛脚生得真美，看，把这些杂杂的毛挽去，啊，梳头，熨头发，都便利多了。啊，你没看见那种毛脚生得低的哪！万华开香店的她小姑，噢，毛脚像一把胡须，她嫂子教我给她小姑挽，我给她挽得毛脚圆圆的，她梳那种日本款的头，真合适，毛脚全不会像从前那样露现现了！”

痛得我想叫，但是她的功劳簿还没写完呢！

“南门口那间电头毛的美容院，你知道吧？头家娘是员林的，嫁给上海人，开美容院的。喝，她那里做事的女孩子，全爱我去给她们挽面。”

“美容院的，还要你去给她们挽面！”我不信。

“她们都不会挽面。日本式的是用剃刀来剃面，毛越生越多！”

听听，又是日本！我又想起一篇小说，描写一个外国医生到抗战时的中国内地去治疗疟疾，并破除迷信，谁想到药品被敌机炸了，医生也得了疟疾，反倒是用当地土法子给治好的。想到这儿，我好笑起来，也忘了后脖子痛。这时她也工作完毕，吹开我后脖子的碎毛，又夸了两句，包括我和她。

收拾起她的化妆工具——半盒新竹粉、一团线、一根锥子、两根破布带。她站起来，掸掸我撒落在她身上的那些汗毛、线头、粉末。

她穿毛背心的时候，我拿出来一张红色票子——五块钱，递给她，她说：

“谢谢你。啊，你弟弟娶了没有？”

“还没有。”

“由你们这里下去过桥那边，我给她挽面的太太，她小妹在电力公司办公，生得真美，真静，还没做人家……”

“但是我弟弟已经出国做事去了。”

“啊——”她很失望。

她向我道再见，临出门时又转过头来对我的脸上望望说：

“米酒里面掺一点点盐，用来在脸上搽搽，红块就会没有了。啧，我给挽一下，你的肉皮就真润了，啧！”

我的美容师，明里是夸我，其实她是真正的在自夸。

一九六三年四月

豆腐一声天下白

卖豆腐的声音仍像二十年前一样，天刚亮把我从熟睡中喊醒。我猛的从床上起来，跑到临街的窗前，拉开窗帘向外张望。

“要买豆腐吗？”床上正在看早报的人说。

“不是。”我摇摇头，“我是要看看她到底长得什么样儿。”

二十年来，许多声音从这一排临街的窗子透进来。睡在榻榻米上的日子时，偶然有车子从窗前的巷子经过，那声音就好像车子从你头上轧过去一样。卖豆腐的妇人是最早的一个，她应当是和我家墙头上的牵牛花一样，都是早起的，但是她没有牵牛花清闲。牵牛花拿紫色迎接太阳，她是灰色的——别误会，我不是说她的人生是灰色的，只是她的衣服罢了。一个勤勉的妇人，为了一块钱一块钱的豆腐，把那种幽扬的调子一声声传到你的耳根。“卖豆腐啊！油车糕、豆干！”晨起的第一声，听了二十年了，你没有照顾过她一次，临去之晨，总要和她相识一下吧！

这排窗，我管它叫“感情的窗”。今日我从窗里看出去的，不只是卖豆腐的妇人，也有收酒矸的，也有卖粽子的。算卦的瞎子也过来了，仍是手扶在儿子的肩头上。儿子长得很高了，穿着西装，梳着齐耳根的长发，脚下是一双高跟的男皮鞋。谢雷的打扮嘛！可惜他的爸爸看不见，他的妈妈虽然不是瞎子，但也早已弃此人生，弃这一家而走，更看不见了。那个哥哥还是弟弟呢？他在哪儿？怎么没跟来？

曾经有过全家人拥着这位户长出来算卦的一段日子。那时，瞎子还是瞎子，穿着一身极破旧的裤褂，太太很年轻，却未曾有过花开的美日子。她的衣服更破旧，不必为“悦己者容”吧，头发是蓬乱的，脸上因为串大街小巷串得油亮的，很瘦弱的样子。这样的她，我却眼见她生了两个儿子。他们全家人出来的时期，该是他们最美好的日子吧！算卦的丈夫，像女人那样背驮着小儿子，大儿子坐在竹车里玩耍，母亲一手推着小竹车，一手携扶着背了小儿子的瞎丈夫。她不美，小嘴瘪瘪的，更造成了她的早老的样子。但是她的脸的表情总是和蔼的，这样的日子，看见这样的脸色，你不是同情她，而是敬重她了。对面阿森的妈妈最信服这个算卦的，常常把他们请到门前的石墩子上坐下来，然后开始算卦。不知道他是怎么掐、怎么算的，但见阿森的妈妈，很认真地听着，教阿森给瞎子倒茶水。这一卦的价值，有时是几碗米，有时是几张小钞票。

孩子们年年长大，瘦弱的妈妈不必跟着携扶了，这职务由儿子来担承。五六岁就跟着爸爸出来了，不，是爸爸跟着儿子了。瞎爸爸一手扶在儿子肩头上，儿子则是一手拿着弹弓橡皮筋什么的在放射。但是他从不离开父亲一步，你看，他从五六岁，七八岁，九十岁，到今天，像谢雷那样的打扮了，有十六七了吧！虽然摆的是青春少年的架势，但仍不离开父亲一步。母亲几时死去的？好几年前就听说死了。这妇人的一生快乐吗？很不甘心地死去吧？一定还舍不得离开瞎了的丈夫、幼小的儿子。

收买酒矸报纸的，近日成群地过来，搬家的人很多的缘故，但是我总不能忘记最诚实可靠的那个。

许多年来，都是把家里的旧报纸和瓶瓶罐罐的卖给缺了门牙的那个。他每次来，都是很诚恳地用他的秤一边称着一边说：

“我的秤头是没有错的，做生意就要老实，一点儿都不能乱来。”

我很高兴，我说：

“是的，旧报纸不是值钱的东西，我也不是在乎那一毛两毛的，但是，如果是不诚实的秤，真让人生气，我最厌恶不诚实。”

生意做得很顺利，个把月，他来一趟。他喊的声音是深沉的、老练的、稳重的。我家的报纸和旧杂志太多太多了，十几种报纸和三十几种杂志。每次他来，都说："我的秤头没有错……报纸有很多剪了的，也没关系……"

我也有些歉意，蝇头小利，是多么不容易，我说："剪了的，就不要算秤，扔在一边好了。但是我的杂志是崭新的。你看，你看，你称斤买了去，到旧书摊就是起码一块一本呢！"

忽然有一年，阿绸心血来潮，把报纸称了称。我家没有秤，她是怎么去称的，我也不清楚。然后，诚实的人来了，他又说："我的秤头没有错……"阿绸从身后拿出了另一根秤，揭发了他十年来的不诚实。

好可怕的一刹那！最小的事情，最少的利润，变成了最大的骗局。这样的局面，比面对一个抢劫的强盗还令人尴尬吧！那时的心情，感觉到的是受了侮辱，而不是欺骗。

此后，很多日子，那个深沉、老练、稳重的声音，不再从早晨的窗子透过来。我偶然老远的在巷头看见他了，他就绕道而行。一个月一个月地过去了，报纸和杂志堆得把那块地板都压凹下去了。没有勇气再叫另外收买报纸的，觉得彼此诚实是一件困难的事，又觉得一向信任的事突然扭转成这个样子，不知道该怎么处理了。我和阿绸很想把这件事忘记，我们很希望他再敲一敲我们那扇友情之门，如果他再说一次："我这回秤头没有错"，我们一定会相信他，一定会说，“快拿去称吧，堆得太久了。”

但是他自那以后并没有再出现。

一九六〇年六月

辑三　文坛行走

剪影话文坛

从何说起

《联合报》的三十周年纪念，应邀写《流水十年间》一文，当时曾选附三十几帧有关的照片，但在该文连载五天的期间内，因为篇幅的关系，每天只能选刊一幅。过后编辑先生告诉我，读者对我的文坛影集倒非常感兴趣，问我是否有意思另起炉灶，索性扩大范围，写个附图的三十年文坛回顾什么的系列小品好不好？因为文友都知道，我手边的数十册照片中，泰半以上是和文坛、文友有关的。

我倒也早有此意，因为自己从事写作不止三十年，就打从三十七年底返台算起，也有三十五年了。这几十年，没有离开过写作、编辑、出版的岗位，因为工作的关系，不免“交游广阔”，同时又喜爱搜集照片，而若干年来，自己也爱拍拍照，我的照片簿就几乎成了资料库。每次因为找什么资料，翻腾这几十本照片簿时，常使我走入时光隧道，把真要找的忘在一边，却因为看到某些照片，记忆拉回到二十年、三十年前去，联想到那时期的许多往事，半夜了，还徘徊在满地铺陈的照片堆中。

我答应了这个新的邀约，和主编先生几经商量这个专栏的命名，和怎样的写法，我的意思是——这只是一个我个人艺、文坛上交游的剪影纪录，仅就我所收藏的，有影才写，无影不录。是以“影”为主了；内容呢，只要千把字即可，无关乎影中人的作品评介、生平履历等，只是一篇篇的看图小品。更重要的一点是，无论我写什么人，不管他们如今做什么，请让我随心所欲而写，因为这不是文艺论评，是散文嘛！

这样敲定了，却又半年多过去。我一方面着手整理照片，也不断地思索，要从何说起？凡事开头不易呀！一个月前，跟台静农先生通电话，求他赐墨宝，给这专栏题个字，并且请教他，这样写法的专栏，是否还有些意义。因为他曾对我两本各附有数十帧图片的《作客美国》和《芸窗夜读》，颇为欣赏，因此他在电话中很高兴地说：“这也是一种文献嘛！”并且很快把题签寄来。

从一张书桌说起

就算是主编先生给我充分的自由，让我想到哪儿，写到哪儿，总还该有个开头儿。想了想，就先从我自己写起吧——写我从民国三十七年底自基隆上岸起；写我从一个写作的朋友都不认识起；写我从一安顿好简单的家就出去买报看起；写我从堂兄阿烈哥那儿弄来一张小小的旧书桌起……怎样地日渐一日，伏案握笔地工作，成了我终身的爱好和职业，广交了这么多艺文坛上的朋友，而今日，竟到了该写点儿回忆什么的日子，三十五个年头儿过去了！

从基隆上岸到台北，是先住在东门町的二妹家。何凡撂下简单的行李，就南北奔波地去找工作。左营有他北平师大附中的老同学宾果先生，很热心地为他张罗，结果还是因为洪炎秋先生的关系（宾、洪两位都过世了），一脚踏进了国语推行委员会的《国语日报》。台湾国语界工作者有句幽默话，"ㄅㄆㄇㄈ，得吃得喝"，是所以，他工作至今。

一九四九年初，我们就搬到重庆南路三段的宿舍来住，十八坪不大，只有一顶日本"皇军"色的大蚊帐，一张矮桌，也就勉强可以应付我们一家人二十四小时的生活所需了。三个孩子——八岁的、四岁的、两岁的——就每天在这十八坪上翻来滚去。榻榻米的房子，日子倒也好混！

我呢，走出了木板墙的家门。那时的重庆南路二段和三段间，还隔着一些弯弯曲曲的巷弄，我就在这些巷弄中绕来绕去，认识环境嘛！忽然发现了一间矮屋，是《公论报》的分销处之类的地方，高兴极了，赶紧买了一份报回家，先看副刊，副刊的内容很合我的胃口，于是每天都要到那不知名的巷子去买一份《公论报》，终于兴起了"投稿"的老毛病。稿子很快地刊出了，都是些读书杂记。《飘》的作者死了，我就写了《文星殒落桃树街》；读了果戈理的《死灵魂》，我就写了《向乞乞科夫学习》。我在台湾的投稿生涯是从《公论报》起的呢！

为了写作，我们实在缺少了一张书桌。那张矮桌虽可席地伏案，但我们毕竟不是日本的夏目漱石、谷崎润一郎，盘腿跪坐，赢不来！阿烈哥知道了，他日据时代在放送局，即光复后的中广公司工作，住在长安西路的宿舍里，就要提前退休了，把一张小小的旧书桌送给了我。没想到这张书桌，我使用了差不多二十年，趴在上面写了千千万万的字，后来桌面干了、翘了，木板生虫了，碎屑常一堆堆洒落在榻榻米上，我扫巴扫巴还是一样地使用。它曾放在卧室的窗前，更久是放在走廊的尽头。走廊头上也有一扇窗，我白天在那里写作，有窗明几净的感觉；晚上嘛，夏天脚下是一盘蚊香，冬天膝头是一张毛毯，倒也颇有"一箪食，一瓢饮，在陋巷，人不堪其忧，回也不改其乐”的心情呢！

初识乡土文学

一九四九年起，我写了许多台湾民俗乡土的小文，刊在《国语日报》和《民族报》上。写这些小稿的时候，心情十分愉快，因为台湾虽为我的第一故乡，却因自小离开，是在北平那个地方成长的，所以回来后，要处处熟悉家乡的一切，遇到有关民俗乡土的文章，总要仔细研读。当时阅读书籍有做笔记的习惯，这恐怕就是家中无书（回台湾的行箧中只有一本《英汉字典》）、读物都是借来或到图书馆阅读的缘故。无论听来的或看来的，都会消化一番写出来。

那时常借书或看书的地方有两处，一处是国语推行委员会有些存书，很多有关新文艺的，大陆出版的剧本就看了不少，这些书籍好像是由方师铎、张敏言夫妇管理。另一处是新公园省立博物馆的图书室，那是一处公开阅览的好地方，存书大都是日文的。我几乎每天下午到那儿去看书，带着一本笔记簿，随手摘录些书的内容、目录、要点、读后感等等。两本自民国三十八年九月所记的笔记本，还存留至今，偶尔翻阅，看看自己当年阅读的痕迹，倒也有趣。日文的《民俗台湾》月刊，是研究台湾民俗的一份最好的杂志，我因只能阅读，不能借出，所以竟然连每期的细目都抄录下来，自

第二卷下半期(民国三十一年七月起)到第三卷全年。虽是日文,并不太难懂,撰稿的中日作者都有,像日本有名的民俗家池田敏雄、国分直一、立石铁臣等;中国作家则有杨云萍、廖汉臣、郭水潭、吴槐、黄启瑞、吴尊贤、朱锋、苏维熊等,真是谢谢他们,把台湾民俗点点滴滴地以文字保留下来。

写到这儿,不免回忆起当时在省立博物馆阅读的情况,我曾在一篇题名《生气的脸》的小文中写道:

> 前些时常到某图书馆去借书。这个图书馆样样都好,只是管理杂志的部分,却摆了一位"晚娘"在那儿,你向她要杂志的时候,她慢吞吞地站起来去拿。拿过来不亲手递给你也没什么关系,摆在桌上就好了,可是她的整个面孔居然呱哒一下子落下来,把杂志啪的一声扔在你面前。还书时,借书牌也是老远地扔回来。这样扔来扔去,倒是没有一次掉在地下的。……胡适之先生说过:"世间最可厌恶的事,莫如一张生气的脸;世间最下流的事,莫如把生气的脸摆给旁人看。"……

这是闲话,因为三十多年后,这种"晚娘"面孔,还到处可看到,不免感慨。好了,再回到我的乡土文学去。我在台最早参加的文艺团体活动不是现在的文艺协会什么的,却是台湾青年文化协会。一九五一年的时候，他们主办了一个夏季乡土史讲座，我很高兴地参加了，手边还留有发黄的结业纪念照片和发脆的学员名册。

学员有八十人。讲师十位，大都是台大教授和文献会编纂，他们是：杨云萍、庄琮耀、蔡章麟、盛成、黄得时、廖汉臣、陈绍馨、戴炎辉、卫惠林、方豪等先生。那真是一个开卷有益的夏季，我从各位讲师的讲授中认识了很多台湾乡土史方面的东西。讲堂上，气氛是和谐的，没有恶形恶相的乡土之争，却是专家学者们的谆谆善诱。学员中，我是唯一的女性。本省籍的学员固然占多数，但来自四川、江苏、福建、安徽、广西、辽宁的，也有一些。学员在学的少，多是社会青年，看吧，公务员、教员、医师、记者、宪兵、警察、商人，都有呢！结业纪念在中山堂举行，很正式地发给每人一张结业证书。我很珍惜三十二年前的这次乡土学习，参与的有几位如方豪、廖汉臣等位先生皆已在近年离开人间；很敬佩他们毕生为乡土史而努力，也留下了不少这方面的作品。

以上，算是《剪影话文坛》这专栏的一个“楔子”吧，再下去，就要请读者跟我一块儿进入文坛的时光隧道了。

平妹，挺好的！

原　乡　人

《原乡人》预映那天，导演李行除了邀请几位作家，更邀了几位和钟理和有关系的朋友，如钟肇政、廖清秀、郑清文、陈火泉、文心、李乔、沈登恩，还有我。钟肇政是把钟理和作品推荐给“联副”的人，我则是理和投稿当时（民国四十八、九年）的“联副”编辑。廖清秀是唯一和理和生前见过面的人。火泉、文心等则是和理和生前时常通信就文学或写作切磋交换意见的人。沈登恩是《钟理和全集》的出版者。

当足足一个半小时的电影放映完毕，灯光一亮，我还在镜片后擦眼泪时，坐在前面的白先勇回过头来对我说：“林先生，你看了必

然感慨多端吧?”我点点头说:

“这部电影如果叫《平妹》,岂不比《原乡人》更切实些?”大家也都有同感。电影中的故事发展,是从两人私奔回到祖国开始,理和曾对平妹及对一位裴先生谈及,认为到原乡来,应当有更重要的意义和理想,而不是来求饱三餐而已。大概整部电影,只有五分之一是属于“原乡人”的意义的,其后的进展,就着重在理和写作生活的艰苦,平妹坚忍精神的可敬。而且剧情是越到后来越震颤人心,尤其是秦汉饰演的钟理和,细高的个子,满脸胡子碴,瘦骨嶙峋,切去七根肋骨的肩头,走起路来一边略斜。当他拖着木屐,撑着病体,在山路上行走,为了去迎接上山偷扛木头的平妹时,真是紧扣人心,我多么希望今后人间再也不要有这种凄惨的生活。记得读钟理和日记,有两处作者记载自己的病容,在动手术切肋骨前的一九五〇年四月某日,他曾写说:

我捧着镜子看,不觉愣住了;那里面人的变化,使我大吃一惊。这难道便是我自己吗?它衰老而消瘦,并且是这样憔悴不堪!皮肤是皱瘪而枯爆的,眼睛陷下去,眼圈一痕青紫,眸子是暗的;过去有些浑圆的脸颊,却因数年来消化器官变弱,一日三餐的咀嚼运动,颚骨张出,几乎变成了四开面孔。不但两边鬓发而且连胡子也有些白毛了。三十六岁,虽还是年富力强的青年人，而我，却白了胡子……

而到了十年后的一九五〇年五月某日，在他去世三个月前，日记中写说：

偶尔照镜，只见发白，胡子黄，双颊深落，颧骨高高。消瘦和衰老，不禁令我吃惊。……

秦汉的钟理和造型极佳，听说在美浓拍摄实地外景时，七十岁的平妹，看见秦汉这样的背影，竟哭着跑回家去，她说那背影和行动太像太像理和了，她不能忍心再像个旁观者似的看下去。李行也认为在美浓拍片的那些日子，与平妹相处，越来越发现平妹的伟大，这大概就是为什么我们看过电影后，都认为片名应该被改为《平妹》的缘故吧，因为可能李行越拍越偏重于平妹对理和的重要性，“没有平妹，哪来钟理和?”李行几次这么对我说。

自古来传记电影难拍，在中国尤其难，因为中国人仿佛是要有成就、有道德，才配上传，普通人是不上传的。中国可以说等于没有传记电影。李行拍过一部《汪洋中的一条船》，很成功，也卖座，但那是一个有奇特性的故事，比较容易拍，也容易讨好。《原乡人》的故事没有什么曲折奇特之处，只是描绘一对“贫贱夫妻百事哀”

的一生，李行能处理得这么真实而动人，也实在不容易。

我没有退稿

《原乡人》电影演到钟理和投稿到处碰壁，常常都由钟铁民放学时把一叠退稿交给父亲，我不由得轻喊了一声："那可不是我退的哟！"大家在黑暗中都笑起来了。后来演到在钟理和修改《雨》这篇小说时，呕血倒在书桌上，这时儿子却又送进来一笔一千元的稿费，大家又问我："这是你发的吧？"我说："这也不是我发的。"一九六〇年时，如有一笔千元稿费，可真不少了，那时稿费只有五六十元千字，这岂不是一篇两三万字长的稿子？但是那时理和撰写的多为数千字的散文或小说，哪儿有千元稿费呢！编剧的安排是为了和退稿相对呼应吧！这引起使我藉此谈谈理和可怜的投稿生涯。

理和的著作，包括他生前和去世后发表的，长、中、短篇小说及散文共三十五篇，约五十万言，绝大多数发表于《联合报》副刊，时间分两段：一是从一九五九年四月到一九六〇年八月理和去世；一是理和去世后的民国四十九年九月到五十年五月。前者共十七个中、短篇，刚好在他开始投稿到去世为止的十七个月中刊出，平均每月一篇，稿酬每月平均不过数百元。后者一中篇《雨》五万字，一长篇《笠山农场》二十万字。理和大多数的作品及重要的作品，既然大多发表在“联合副刊”，而当时我又是“联副”的编者，这使我回忆一些有关理和写作的情形：

最初，是已在“联副”投稿的钟肇政，寄来两篇理和的作品——《苍蝇》和《做田》，分别刊于一九五九年四月十四日和十八日的“联副”上。到理和的第三篇作品《草坡上》刊出后，就引起了读者的注意，而且收到读者给他的信。后来读他的日记和书简，才知道《苍蝇》和《做田》都是别处退稿（《苍蝇》被《文学杂志》退），我却觉得是难见的好小说。那时“联副”只有九栏高的篇幅，不及现在的一半，被方块、连载小说、专栏占去一半，剩下的一半，只够排个三数千字的作品，真够可怜的，所以理和心爱的得奖作品《笠山农场》想在“联副”发表，却怎么也排不上篇幅，一直到他死后才陆续发表了《雨》和《笠山农场》。

从理和的作品中，读者也许会看出，他虽是一位不快乐的作家，却是一位热爱写作的作家，在他携平妹到大陆去以后，就决定从事写作，无论是他在做汽车司机或开煤炭店时。在他的作品中，难得看见“欢乐”与“诙谐”的场面，而多的是“悲悯”与“忧伤”。每读他的作品都使人心情沉重，欲哭无泪，但他并不是一个凭卖弄笔墨来赚取眼泪或同情的作家，而是他的写作和生活的背景有无限的辛酸，笔触所及，不免流露出来。他一生热爱写作，直到死亡，他所写的，在情感上毫无虚构。

令人敬佩的是他写作的态度，每篇稿子，哪怕是少少的三两千字，他都是再三修改，可说他是虽“穷”，虽“病”，却忠于“工”。在他向“联副”投稿的十七个月当中，我后来阅读他的日记才知道，所谓字字呕血，用之于理和，一点也不过分。而陈火泉说理和是“倒在血泊里的笔耕者”，也不错，因为他正是修改《雨》而咯血去世的。

在他去世后的百日内，文心、肇政和我给他出版了小说集《雨》，那是一种没有钱的出书法，我请世新的学生排印，费用欠着。我请舍侄夏阳设计封面，他那时正热心于刻木头，于是他木刻了一个版画式的封面。夏阳解释给我听：用灰蓝、米黄和黑三色的意义，点点、线线的画面的意义，凿痕斑斑，是血泪、是苦雨。

第二本书《笠山农场》是在他去世周年出版的，仍然是苦哈哈地用《雨》的余款排印的。而如今由远行出版社出版了他的全集共八册，由张良泽细心编辑，编得他也差点儿卧在血泊里。这一切，都是大家敬重这位作者的缘故，如今他去世二十年了，他的传记电影也即将公演，理和地下有知，也可瞑目了。

平妹，挺好的！

“没有平妹，哪来钟理和？”不错，但是“没有钟理和，谁知道平妹?”平妹是理和写作中不可缺的人物,他为她而写,她也为他而苦。她苦到什么程度?二十多年前,理和给廖清秀的书简,第一次道出了他的身世:

> 故乡,那是我们伤心之地,我们曾立誓永不再见到它的面。然而,我们到底回来了。这是我们做梦也不曾想到的一着。尤其是妻,她是那样地不愿意。但是丈夫病了,她有什么办法不回来呢?乡民们全向我们不客气地摆着难看的脸孔。……我的病不但不见好转,后来因并发肠结核,情形非常严重。三十六年秋,我北上就医松山疗养院,几乎有两年间一直在生死边缘上来去徘徊。……以后的日子是伤心和懊悔的连续。妻一个妇人,为了扶养病中的丈夫、残废的长子和幼小的次子,力耕三四分薄田、养猪,和给人做田,由天未亮起一直做到深更。这副担子,对她是太重了!……

我见到平妹,第一次是一九七四年,第二次是一九七七年,都是我们——我带着女儿、外孙特地去的,在那美浓的乡下,走进去,再走进去,见到了苍老但健康的平妹,笑容可掬地迎着我们祖孙三代,亲热地叫着女儿的小名:美丽。她说:“美丽呀!吃吃这青青的芒果,挺好的!”她说:“我们在北平过得挺好的!”她说:

“你这外孙挺好的！”我们发现她的口头语是“挺好的！”，而且这是地道北平话，平妹可以说“挺好的”北平话，比她说闽南话好得多了。

平妹虽苍老，背有些驼——几十年压的呀！但眉目、脸型都可以看出当年确是一个美丽的姑娘，而理和当年也是翩翩绝世，今日由两位漂亮明星秦汉和林凤娇来饰演，并没有特别美化了他们，他们年轻时实在也是潇洒美丽不下于秦林二位呢！只是在影片中没有加入平妹爱说的“挺好的”一词，倒是有些遗憾哪！

前年——一九七八年四月间，她是自从上次到台北的松山疗养院探望丈夫以后，距离三十年之久，才又来台北的，为了参加她的晚辈的喜事。我想也是直到现在，她才肩仔稍息，儿女成长，可以松一松心而来的。因为我们在电影上只看到理和握笔而死，却不知那时最大的钟铁民不过是个高中生，她还有一段好苦的日子撑着呢！但是她的努力和毅力都代表了中国上一代妇女的美德。我们今日看到的平妹，七十岁了，永远以一副快乐、活泼、开朗的健康气色迎接每一个人。

她前年来台北，也顺便接受了祖丽的访问，祖丽和她爽快地谈着，铁民在一旁做补充，那真是一次愉快的访问。

下面摘一段当时祖丽访问平妹的对话，那是“挺有意思”的：

我不禁好奇地问:“您一定很爱钟先生,不然怎么会不顾一切跟着他走?”

平妹说:“我根本不想爱他啊！他读了那么多书,我只是个草地人。他说他爱我,我就怕,我的心都跳了,我对他说,我不敢啊!”……

接着她又说:

“后来,他从东北回来,给我买了船票,给我买衣服,说他要带我去东北。他说要我帮他做饭,他对我很好,我就跟他走了！我也舍不得家啊！我哭得要死!”

一九七七年我们到美浓去时,是大批人马,因为一位美国青年华德敬君以研究钟理和作为他的博士论文,他要求亲自再到美浓去,好再得到更多的第一手资料。他们不但喜欢平妹,也喜欢和欣赏铁民的妻子,大家都说:这一次的采访,真是挺好的!

一九八〇年八月二日

琦君　一生儿爱好是天然

当琦君住在水晶宫的时候，我正每天乌烟瘴气地烧那煤球炉；先把一团报纸几根竹篦点燃，投入几块相思炭，再把煤球放下去，然后扇呀扇呀扇呀，煮了稀饭煮干饭、炒菜炖肉、泡茶洗澡，全靠这一炉火。有时我技术不佳，一炉火烧几次，在火光照耀下，就成了"浴火的凰凰"。但别以为她的水晶宫是个什么玲珑剔透的好地方，原来那不过是公家大楼地下室中的一间公共洗澡间，改造成宿舍，墙上布满了水龙头，地上常年返潮，水龙头终年滴水，她有文学家的想象力，叫它"水晶宫"罢了。

她在水晶宫的年月，写的是《一身飘零》，我则把"三只丑小鸭"当作写作材料。我们都向《中央日报》的"妇家版"投稿。

有一天，我去主编的宿舍，在巷口看见一位穿黑白格外套的女士。进去后，主编告诉我："写《一身飘零》的琦君刚刚走。"我说看见了，定是那位黑白格。主编说你怎么知道？我说灵感嘛！三十多年来，琦君的模样身材都没有变，我相信她如果拿出那时的旗袍，现在还能穿。我也老记得她那天一瞥而过的苗条身影。

琦君离开水晶宫搬了多次家，我则钉在重庆南路三段没挪窝，好在她迁移的新址总离我家不远，我们因为谈得来就时相往来。她有了孩子以后，周末常带孩子到动物园去玩，然后再来我家。她对孩子说："我们到动物去看猴猴。"孩子总会跟一句："看林阿姨和猴猴。"

她来了，我家女儿就会端茶拿瓜子，然后搬个竹凳坐在她脚下，听潘阿姨说故事。我们年龄相仿，处同时代，虽然在大陆上一南一北，但所读的书、所体验的生活是差不多的，因此有的是话题。只是她更勤于学问，又有好的国学根基，就不是我这"大白话儿"所能比的了。她故事多，说话又动听，多少年来，除了学生以外，还交了许多年轻朋友。她没有女儿，特别喜欢女孩子，我家女儿们从小到现在做了母亲，一直都是喜欢听潘阿姨聊天的。当初，连我家的猫见她来了，都会跳上她膝头，咕噜咕噜地睡大觉。她不嫌脏，一边摩挲着猫儿，一边侃侃而谈。古今文学的比较、李杜诗篇的讲解、家乡西子湖畔的风光，都听得让人出神。虽然她的童年充满了忧伤，但她总把最美好的写给少年读者，让孩子们读她的书开卷有益。

近年来她的散文风行得不得了，大家都在争取出版她的散文集子。她散文的风格，文字朴实无华，但在淡雅中也可看出是经过细心琢磨的。她自己对于写作风格喜欢引用《牡丹亭》里的两句词：

一生儿爱好是天然，却三春好处无人见。

黄春明 宜兰街上一少年

若干年来很少进电影院，基于三个理由：不愿见好好的影片被剪；不愿踏着满地的鸡骨头或听汽水瓶滚下来的声音；不愿挤在被黄牛截拦不前的买票行列中。距离上一次看《假如我是真的》这部片子，看看有多久了。但星期日我在大雨滂沱中却排两场队买到票，是去看《儿子的大玩偶》。

黄春明的作品我是熟知的，但是我不知道编剧会编得怎样，或导演会导得怎样。等我一口气儿看完了，才从电影中回醒过来，才从小镇、陋巷的小丑、小姑娘、推销员……的身边回到影院的座位来。在电影的剧情进行中，我虽因剧中人语言、举动的滑稽而大笑，但心情是怜悯和悲哀的。每个观众都是一样的吧！但出了电影院，走在西北雨冲洗过的人行道上，我的心中却充满了喜悦；为了这部片子的成功而喜悦；为了原作者黄春明和编剧者吴念真终于完成了他们的抱负和理想的工作而喜悦；为了他们俩是我认识的写作的朋友而喜悦。

好的原著如果没有好的编剧和导演也是枉然，出身矿工家庭的吴念真，自小在老家九份经历了那个矿区的兴衰；从兴盛得酒家林立到衰败得一里只剩了一二十户人家，小学一年级竟无新生入学。由这样一个看了很多活生生的人的生活情态者来编写剧本，是抓得住原著的精神的。吴念真才不过三十岁吧，是温和的读书人的样子。

黄春明我就熟识得多了，无论什么时候见到他，都是冲劲十足。我有一个宜兰朋友尝笑谈说："宜兰面，我在街上一看就可以知道。"我问说宜兰人的脸，有什么特征或不同吗？我所知道的宜兰人像蓝荫鼎、杨英风、黄春明、吴静吉、杨丽花，他们的"宜兰面"跟别处人不一样吗？我的朋友也说不出。我问黄春明，黄春明说："我没听说宜兰人的面孔有什么不同，倒是我们宜兰人的个性是反叛性比较强，所以从事艺术的很多。"他说得的确不错，黄春明就是典型的一个，上面所说的几位，不也都是艺术家吗？这样个性的人，从事艺术更能发挥他自己的创作力，是一点儿也不错的。

看黄春明的小说，好像讽刺社会现象，同情陋巷中的小人物，以为他是个愤世嫉俗玩世不恭者吗？也许有，但这一切的后面，却是一股“热爱”的情绪，爱家、爱小孩，同情好人，在《儿子的大玩偶》电影中，观众也可以看出来的。小孩子和女人在他的笔下所描绘的，使我们越觉得，他们是该受到保护的，不要虐待和摧残他们啊！

记得他初向“联副”投稿，是一九六二年三月间的第一篇《城仔落车》，他不知道编辑是何许人，还特别附函嘱咐，可别把《城仔落车》改成《城仔下车》呀。春明的小说，不太在文字上雕琢，但是他把语言运用得特别好，他在小说中不但把当时的社会现象描绘得真真实实，也把什么人说什么话的特点描写出来，所以我常觉得他的小说不是平面的，而是有声音的，因此他的小说改编成电影最适合不过。在《儿子的大玩偶》电影中，他就运用了三国四种语言，而且非常恰当。黄春明是个才智很高的作家，他无论做什么，不但冲劲十足，脑筋也快，当年读师范实在并不适合他，他不能乖乖地做一辈子好老师。他能写会画，设计方面也有两手。当年他当兵回来曾在“中广”宜兰台主持一个古语的《鸡鸣早看天》的晨间节目，好像“中广”的《早晨的公园》一样，听众非常多。前几年他给“爱迪达”①做企划设计，让“爱迪达”人人皆知，实出于黄春明之“脑”。大家也都知道他开创了拍摄纪录片的新境界，像《大甲妈祖回娘家》等等。

---

①　或为 Adidas 台湾译名。

这位当年从宜兰街上出发的少年，终于更走进了他所喜爱的电影制作，在《儿子的大玩偶》以后，还有《看海的日子》、《两个油漆匠》等，并且由他自己改编剧本，甚至也许要自导了。

四十多岁了，正是人生浑圆成熟冲劲最高的时候，黄春明是有许多事情想做的，但是他曾说过："我毕竟是个写小说的，有很多事情，我常常想拿小说来解决。"寄语春明，可别忘了这句话啊！读者也还是很重要哟！

由铁和血和泪铸成的吴浊流

去年十月初的一天,我接到郑清文的电话,说是吴浊流先生送进医院了,让我去看他,我还没有去,他又来电话说,已经接回家了。等我到新生南路一段吴先生家时,吴先生的儿子和媳妇开的杂货店关闭着,楼下是一间小小的洋裁店,洋裁店里的女士告诉我,吴先生早上又送进医院了,我问说,不是昨天才回来的吗?她似有难言之隐。我心中不免想,老人临死都不得安宁吗?其实我去看,也没有用,他那时已经不认得人了。到了十月七日的下午一时五十分,他终于扔下了人间的一切而去。享寿七十八,也可说是高寿了。

在这以前不久,他也曾来出版社找我,我恰巧不在,社中的工作小姐告诉我,他似乎很寂寞,坐下来,还跟她们聊了一阵子呢!

我知道他跟我们工作的小姐聊，她们也听懂不了多少。

自从一九六一年我认识吴先生开始，这十几年来，他来看年轻的朋友多于朋友去看他，那是因为他已经从服务机关退休了，而比他年轻的朋友，还在忙于工作。他高高大大的个子，浓长的眉发，涨红着脸，一看，就是“高血压”型的人。他的国语夹杂着浓厚的客家乡音，我虽也是一半的客家人，但他说的新埔客家话，我也不懂。但是因为我们有共同的爱好：热心文艺工作——无论写作、编辑或出版，我们会有许多话可谈。他总是一坐下来，擦拭着涨红的脸上的汗珠，滔滔而谈，很热情，但是有些事情看不惯，很不满意，别人说他常常“破口大骂”，我想对于女性的我，他还是保留了一些，只是略显激动罢了。

他的热情，从一九六四年创办那本薄薄的《台湾文艺》的经过，可以看出来。我记得他在创办时，常常对帮他的年轻朋友表示：“这份杂志，总要交到年轻人的手上才好。”他说这样的话，是因为在办杂志的前两年，他病了一大场，常常感觉到“老”对他的威胁。可是他办了杂志以后的那几年，倒也硬朗起来了。一九六八年的时候，听说他卖了一些地作了一次环球之旅，回来后写了一本《谈西说东》，同时又创立了“台湾文艺基金会”，他主要的意思是感觉每年《台湾文艺》的文艺奖金四处张罗，总不是办法，所以才有基金会的成立。这年他已经六十九岁了，他的冲劲儿，实在是年轻小伙子也比不了。

《台湾文艺》这份季刊自从一九六四年创办以来，虽然那么艰苦，他却不在乎能不能赚钱，只要不拖期，而且不要垮下来就好。在成立基金会的时候，他对我谈这个计划时，说:“这是你爸爸教的学生，才有这种精神啊!”我十二岁丧父，几十年来，父亲的影子，似已淡忘，但是作为先父的学生的吴浊流，却似乎一刻也不能忘记呢!

一九六一年我正在做报纸副刊编辑时，有一位客家籍的同事，和我谈起来，知道了我的原籍，过天便约了吴浊流先生来，说他是先父的学生。从他的言谈，我知道了一些父亲年轻时候的面貌和风采。他很“崇拜”我父亲，所以有时提起老师来，眼圈就会红红的。他说当年我父亲是一个多么风流潇洒的青年，博知多闻，写得一笔好字。其实他受教于先父的时候，不过是一个十一岁大的乡下孩子，每天要走几里路到新埔公学校去读书。父亲很疼爱学生，用新的、爱的方法教育学生，所以给了他深的印象和浓的感情，使他终生难忘。父亲教导他的细节，他在一些自传体的文章里都提到过。

吴浊流的作品包含极广，小说、旧诗词、游记、文艺论评等等。透过文学的笔，和热爱乡土、关心祖国的心情，他的写作，给人的感觉是奔泻而下。像在台湾光复以前，他偷偷地冒着家对面就是警察官舍的危险，陆陆续续写下了《亚细亚的孤儿》这部书，写几页，随着空袭的疏散，把稿子疏散到乡下老家去。

日本窃据台湾的半个世纪，有的是可歌可泣的史实；而吴浊流终其一生七十八年生命中的四十五年，是做“亚细亚的孤儿”，但他不是一个麻木的孤儿，而是一个铁和血铸成的男儿，正像钟肇政所形容的，他写他的心声，也等于写整个在日本窃据下台湾人的心声，或可说透过文学的笔，记录下这一时期的史实。因此吴浊流的一些作品，应当有其地位和价值吧！

吴先生幼年读汉文，学校的教育是日文，他的汉诗作品极多，另外一些早期的小说等著作是以日文写成的，发表时译成中文语体文，因为他对于白话文的表达能力比较弱。但是有些译文，并不是很令人满意，我们多希望有一天，能见到《吴浊流全集》的出版。

一九七七年九月一日记者节

余光中　捞鱼的日子

捞鱼的日子是夏天，晚饭后，在张秘书长墙外的街灯下有一个大木水槽，围蹲着七个小女孩；余家来了四个，夏家有三个，每人右手拿个纸网子，左手捏着小额钱币。把纸网子捞破了，小额钱币花光了，再回家来要。家里的两对爸妈正聊得高兴哪，不希望小孩子打扰，让夏家的大姊姊发发好心，带领着小妹妹们，再拿一叠小额钱币，去玩捞鱼吧！有时候街灯坏了，没有亮，怎么捞鱼？夏妈妈就拨一个电话给市政府的路灯科，说："喂，我这里是张秘书长公馆，后墙外的路灯坏了。"这样说了，就会立刻来修，快得很哪！大家都笑起来，夏妈妈说："我并没有说错呀！本来就是张秘书长墙外的路灯嘛！"

捞鱼的日子，说来是二十年前的事了。光中家住厦门街，离我们的重庆南路三段很近，晚饭后散散步就到了。天南地北地聊一个晚上，喝喝茶，吃点儿零食，非常地轻松。我现在简直想不出，为什么那时候会过得比现在轻松，现在上哪儿找这种“潇洒”的日子！

光中是诗人，我一向敬佩诗人的文笔，他们写其他文章，用字也一样简练。尤其光中，你想在他的文章里挑一个不妥当的字眼儿、句子，是不容易的。几乎有三十年了，我和光中虽是文友，但我们相处的位置，常常他是作者，我是编辑，他的许多诗稿、文稿、翻译稿，都是经过我的编辑台的；接到他的作品，总是先欣赏一阵他的书法，再看内容。近年来我看许多编辑先生索性直接把他的原稿制版印在副刊上，这样会让那天的版面更美化。

光中因为文字运用得讲究，所以他对于现在许多白话文章的“不讲究”，颇不以为然，例如过分欧化的句子，或者过多使用“的”字什么的。他最近曾专为此写一文，我读了后对他说：“我发现我的大白话就犯了你说的毛病，呢呀吧啦的，我用得太多了。”是真的。

记得有一个捞鱼的日子，光中一进门坐下来就说：“你们有没有过这种经验……”然后他说他曾经在文章中把自己说的话，故意加上帽子说“古哲学家说”如何如何，后来居然有人在文章中也说“古哲学家说”如何如何，把他说的话照抄上。他说完我们都笑了，我说你太淘气了，这件事光中也许自己都不记得了。

光中对于住了三十多年的厦门街长巷，有一份浓厚的感情。其实当厦门街附近的许多街道如汀州街、同安街、和平西路等都扩展成为大马路时，厦门街——尤其是他所住的这条长巷，就显得更狭窄。每次乘车到他家，稍一疏忽，就会走过头，而且车进窄巷也怕对面来车，可是他毕竟在这里写下了他的大部分作品，所以他为文或诗著，屡次以"厦门街"为题，对这日渐落在人后的长巷，寄以深厚的感情。而我写这篇小文，则是看七个捞鱼的女孩，如今有的为人妻、为人母、为人师，在高兴她们的成长中，不免也有些"年华老去"的伤感。

“雅舍”的主人

三月底舒乙先生（北京中国现代文学馆副馆长，老舍的儿子）来一信说：“春天已至，我要出门到湖北、四川、山东转一圈儿，大概半个月。”他回来后，我才知道，他是带领一个日本教授组成的“老舍之旅”访问团，他做向导，大概足迹遍及他父亲老舍先生生前所曾居住的地区，所以才请他向导。谁知此行更大的收获却是证实并访问了梁实秋先生那有名的“雅舍”所在地。

我赶忙给他写信说，梁实秋先生的《雅舍小品》一书在台湾畅销并长销数十年，谁都读过《雅舍小品》，而且有些茶艺馆还起名“雅舍”呢！请他务必写篇文章把找到雅舍的经过说说，有照片最好。舒乙很快就写成《我找到了“雅舍”》一文寄来，并附照片二帧。现在的雅舍，墙剥顶破，石灰粉涂涂抹抹的，阶缺砖陷，不成个样儿，不知当年的雅舍是如何的雅法，令人不禁沧桑之感。

一边读舒乙之文，一边也勾起了我的回忆，那可敬可爱的一对夫妇，尤其是梁夫人程季淑女士（大家都公称她梁师母，不管是否做过梁先生的学生），是位令人敬重的贤妻良母，她心细谦和，待人和蔼。我在主编"联合副刊"时认识实秋先生，每次邀稿都蒙他亲自书写文章寄来。他们在安东街的"雅舍"，直到他们夫妇移民美国前，我和文友是常客。院落宽大，种植的花木甚茂密，房子也是他们自己设计建造的。梁师母喜花卉，会种芍药。每去都先经过花径欣赏一番再进入客厅。

在他们的女儿文蔷出国留学后，二老寂寞，实秋先生心疼夫人，最喜我们去他家。我记得孟瑶在台中教中兴大学，每逢北来，必邀我和聂华苓到梁家去陪梁师母打场小牌，由我打电话给实秋先生，他接到电话就会对梁师母说："晚饭改戏，一会儿海音要来！"原来梁师母的"小把儿抻面"是我最喜欢吃的，所以每逢我要去，所谓"改戏"就是晚饭改换吃抻面条了。

我们四个人坐上牌桌，实秋先生在一旁伺候牌局，热茶、冰水、咖啡、点心，一边端来，一边开大家玩笑。有一次我喝了一杯咖啡，竟害得三十六小时没睡觉！我们玩得起兴，梁先生便也静静地到书房写作。这样的日子恍如昨日。

梁先生的《雅舍小品》，可说是中国散文小品的经典之作，我早在一九五〇年来台湾不久就读到了，那时还不认识梁先生，我翻看一九五〇年三月某日的读书笔记，有一段是专为读此书所写的，还加了个题目叫《雅舍主人谈病》，现在重读还令人忍俊不禁。当天我的笔记如下：

病原是痛苦的一件事，可是在梁实秋先生的笔下，却发生了趣味：

我最近一次病，病情相当曲折，叙述起来要半小时，如用欧化语体来说，半小时还不够。而来看我的人是如此诚恳，问起我的病状便不能不详为报告，而讲述到三十次以上时，便感觉像一位老教授年年在讲台开话匣子那样单调而且惭愧。我的办法是，对于远路来的人我讲得要稍微扩大一些，而且要强调病的危险，为的是教他感觉此行不虚，不便过于失望。对于邻近的朋友则不免一切从简、诸希矜宥！有些异常热心的人，如果不给我一点什么帮助，一定不肯走开，即使走开也一定不会愉快。我为使他愉快起见，口虽不渴也要请他倒过一杯水来，自己做“扶起娇无力”状。有些道貌岸然的朋友，看见我就要脱离苦海，不免悟出许多佛门大道理，脸上越发严重，一言不发，愁眉苦脸。对于这朋友我将来特别要借重，因为我想他于探病之外还适于守尸。……

这是梁先生的《雅舍小品》中的一段，在出版界贫乏的今天(音按：指一九五〇年当时)，实在是可喜的一件事。这本包括三十四篇小品文的集子，是梁先生从民国二十八年抗战期间在北碚住在雅舍的时候写起，陆陆续续，一直到胜利后的作品。作者笔锋轻松、幽默，身边琐事，一经点染，便成妙谛。令人有不能释卷的感觉。

读者看了上录的一段文字，再想起自己病时探病的亲友的表情，一定会哑然失笑，觉得作者描写入微。中国病人对于报告病情素来是一种重大负担。每个探病者来“临床”研讯一番，病人一一据实陈报，这样不分昼夜的恳谈，正如俗语说的“日尽千言，不损自伤”，终于把体温说高了，有希望使“吊者大悦”才了事。

从前美式的北平协和医院对于探病者限制太严，就很不受中国人的欢迎，因为对亲友有病不探望是失礼的，对探病的人不招待也是失礼；探病的人没有谈尽兴就往外轰更不成话。所以洋鬼子立的规矩把中国固有的人情美都毁了，真是岂有此理。倒是过去台大附属医院的日本规矩好，病房里可以杀鸡沽酒、埋锅造饭，那有多方便！

所以，究竟西方人不是东方人，白种人不是黄种人！

以上所引是一九五〇年我的读书笔记，现在的《雅舍小品》已多年未读，不知加印了多少，我不过读舒乙之文，引起我写这篇小文。舒乙在寄稿时附一信中有句，“雅舍问题正引起注意，但好像还无反应，还需要升温！”那就请读者热心在此岸加温吧！

一九九三年六月

为时代女性裁衣

——我的写作历程

青年时接受新闻教育，对于采访新闻一事，师长或上司所传授的，一直谨记于心——什么是新闻？即把发生的景象，照实的记录下来。怎么写新闻？新闻的写作一定要忠实的把各方面采访来所发生的事情记录下来，它只可以解释，却不能加入主观的见解，所以记者的工作只是记录和解释。比如一件刑事案，在未破案和法院未审判前，对任何人、任何事，不能下断语。这做记者的本分，我确实遵守，但是这样的采访工作、记录工作，日久天长真是厌烦呢！常会自问，后来呢？结果会怎样？我常常会对案件发生疑惑，而且也有我自己的看法，新闻的照实记录渐渐不能满足我的写作欲望，我要拿我编的故事写成小说，我要假设案中主角涉案的动机、人物的类型、虚构故事的进展。这样我放弃了新闻工作，从事文艺写作了。

我所钦佩的前辈女作家凌叔华，她当年和英国女作家弗吉尼亚·伍尔夫女士用英文通信时，弗吉尼亚一直鼓励她用英文写作，要写自己切身熟悉的事物，并且告诉凌叔华说："……继续写下去，自由地去写。不要顾虑英文里的中国味儿。事实上，我建议你在形式和意蕴上写得很贴近中国。生活、房子、家具，凡你喜欢的，写得越细越好，只当是给中国读者的。……"（摘自傅光明译《古韵》）我在她们通信四十年后的今日读到这几句话时，心中惊喜地想，它怎么跟我一向对小说写作的把握，是这么接近呢！

大量的写作，以刊出的日期算，是始自一九五〇年（到台湾以后）妇女节的一篇小小说：《爸爸不在家》。那时的稿子多投向《中央日报》的"中副"和"中妇"，只有这两份副刊是带着浓厚的文艺气息。我自己编着一份《国语日报》的周刊叫"周末"，刊的多是我写的民俗、散文等，没有小说。"中妇"虽是妇女周刊，但主编武月卿所端出来一盘盘的美餐，却十九是小说，很少炒菜和洗窗户的实用文章。我的作品的内容无非是针对家庭、伦理、婚姻、恋爱、儿教而发，所谓问题小说也。这是我的初期小说。

那时写作的兴趣是那么高昂，入夜孩子们入睡后，我年轻精力富强，犹有余力伏案执笔。报纸副刊的篇幅小，主编只要求三千字一篇，那就写它三千字！灵感自心泉中涌出，贝多芬说得对："为何我写作？我心中所蕴蓄的必须流露出来，所以我写作。”但三千字是嫌少了些，我这时写作不但成长，也成熟，总要有个能使作者挥洒自如的篇幅呀！

我和我国五四新文化运动几乎同时来到这世上，新文化运动发生时（一九一九年），我才是个母亲怀抱中的女婴，是跟着这个运动长大的，所以那个改变人文的年代，我像一块海绵似的，吸取着时代的新和旧双面景象，饱满得我非要借写小说把它流露出来不可。我还记得我们好客的家里，出入各色人等。投入革命洪流的学生，在我们家躲风声，结果和一位世伯的姨太太（逃到我们家来）携手做革命情侣，奔向光明的前途了，我是以此写成《兰姨娘》收在《城南旧事》里。

在这里那里，我常会看到大学女生穿着和旧式妇女不同的衣裙，梳着蓬松的发髻；旧式妇女（像我母亲）可还要梳用发油抿得光光的元宝髻；她们都会进入我的小说中。一九五六年以后，我有机会写较长的中短篇小说，其题材很多是在我心中蕴蓄很久（二十多年）的人物、故事。我写到《烛》这篇，一个嫉恨丈夫娶了妾而不能公开指责的旧式妇女，就躺在床上装病，希望得到丈夫的怜悯和同情，谁知日久竟真的瘫痪在床。老妇人原是我要好同学的母亲，我每到她家都会看到那顶灰暗的蚊帐里躺着的老妇人，半侧身子点燃一点蜡烛，在看书或吃饭，我对她印象深刻极了，同学也略告以母亲瘫痪的原因。等到我从事小说写作时，它自然是我题材中最奇特而感人的一题了。

我家世交黄府是个大家庭，丫头收房的就有好几位，她们所生的子女都已长大成人或已嫁娶，但他们的亲生母亲的丫头身份仍未消灭，连子女都不叫她母亲，而仍以丫头名呼之，我曾编排她们进入我的小说《金鲤鱼的百裥裙》。《殉》这篇也是写一个为冲喜而结婚的年轻女子，结婚一个月丈夫就死了，实际她还是一个完美的少女，从此做了一生的寡妇。这几篇小说，都是我极用心的创作，我常常想，五四那个新旧冲击的洪流，许多女性在这洪流中，想逆流向上，终于仍被冲到下流来，有人则一直在洪流中挣扎。

我有一位美国读者卜兰德，她当年来台北学中文，搜集资料，我也帮她忙，所以成了好友。有一次她访问我，谈及我的许多作品中，很有一些是描写上一代婚姻的，为什么？我说，在中国新旧时代交替中，亦即五四新文化运动时的中国妇女生活，一直是我所关怀的，我觉得在那时代，虽然许多妇女跳过时代的这边来了，但是许多妇女仍留在时代的那一边没跳过来，这就会产生许多因时代转型的故事，所以我常以此时代为背景写小说。卜兰德又问我："那么你对于跳过来的女性和没跳过来的，究竟是以怎样不同的同情写她们的？"

我回答说："无所谓。"卜兰德笑说："我读你的小说，发现你是以同情没跳过来的她们而写的!”我扪心想想,我在下意识中确是如此吧,因为我对“没跳过来”的旧女性,是真的有一份敬意呢!

《城南旧事》是五个单元的小说,合在一起就是一个长篇小说,我试以一个小孩子的眼光和成长,看成人世界的故事,我在人物中是喜以女人和小孩为描写对象的,尤其是小孩子。但是在《城南旧事》中的五个单元,却都是成人的故事,有人认为这本还是可以成为少年小说的,如果不去追寻那五个小说是怎样地描写了那个时代的社会:农业社会妇女的悲惨生活(《驴打滚儿》)、私生子的悲运(《惠安馆》)、亲情(《我们看海去》)等。

我只有少数长篇小说,除上述外,还有《晓云》、《春风》,它们在我的笔下是“真实”,但非“真事”,小说嘛!

以战争隔绝了家庭、婚姻、爱情的小说,我也写了几篇,可谓是以海峡两岸为背景的小说吧!常常有人问我关于写作所需时间的问题。“请问,《金鲤鱼的百裥裙》这篇小说,有多少字?”“大约七八千字。”问:“像这样一篇作品,你要写多久呢?”“好像是一个晚上。”“一个晚上?”问的人没有写作经验,所以被吓坏了。但是他们怎知道在下笔的那晚以前,这七八千字在心中酝酿了多久呢?就说“金鲤鱼”吧,她是我自幼年以来所见到的许多“姨太太”型人物中的一个,时代是我经过的,事情是我听到的,但那情感和心理状态,就不是我当时年龄所能体会的了。陆陆续续,多多少少,就一层层像灰尘似的，落在我的记忆里。当我从事写作的时候，那些人物就把全身的灰尘扑扑掸掸，来到我的面前了。我这时也能体会到那种时代、那种人物、那种想法和行动，以及那条绣满梅花的百裥裙的意义了。

酝酿一篇作品的时间，远超过执笔的时间，所以个人就特别地珍爱：原来它们是片片"褴褛的"碎布，现在剪接成一件件美好的衣服，我的小说写作过程，就是这样的了。

林海音大事年表

一九一八年	农历三月十八日出生于日本大阪绢笠町回生医院。父林焕文，台湾苗栗头份人，祖籍广东蕉岭；母林黄爱珍，台湾板桥人，祖籍福建同安。
一九二一年(3岁)	随父母返回台湾，在头份及板桥居住。
一九二三年(5岁)	随父母到北京，定居南城。
一九二五年(7岁)	进入厂甸师大第一附小就读。
一九三一年(13岁)	五月，父亲焕文先生病逝于北京日华同仁医院，享年四十四岁。 九月，进入春明女中就读。
一九三三年(15岁)	参加舞台剧《茶花女》演出。
一九三四年(16岁)	考入成舍我先生创办的北平新闻专科学校就读。一边读书，一边在《世界日报》担任实习记者。 结识《世界日报》编辑夏承楹(何凡)。
一九三七年(19岁)	正式担任《世界日报》记者，主跑妇女新闻。
一九三九年(21岁)	五月十三日与夏承楹在北平协和医院礼堂结婚，为当时北平文化界盛事。婚后住进夏家永光寺街的大家庭。
一九四〇年(22岁)	进入北平师范大学图书馆担任图书编目工作。
一九四一年(23岁)	老大祖焯诞生。

一九四五年（27 岁） 抗战胜利，迁出大家庭，搬至南长街自组小家庭。

老二祖美诞生。

《世界日报》复刊，重回《世界日报》主编妇女版。

一九四七年（29 岁） 老三祖丽诞生。

一九四八年（30 岁） 十一月，与家人返回故乡台湾。

一九四九年（31 岁） 一月，开始发表文章。多半发表于《中央日报》及《国语日报》。

五月，进入《国语日报》担任编辑。

十二月，主编《国语日报》“周末”版，一直编至一九五五年十月。

一九五一年（33 岁） 参加台湾青年文化协会主办的“夏季乡土史讲座”，为来台最早参加的文学活动。

一九五三年（35 岁） 十一月，受聘担任《联合报》副刊主编。

十二月，老四祖葳诞生。

一九五五年（37 岁） 出版第一本散文集《冬青树》。

一九五六年（38 岁） 世界新闻专科学校成立，受聘担任教席。

获第二届扶轮社文学奖。

一九五七年（39 岁） 十一月，《文星》杂志创刊，兼任文学编辑，至一九六一年十月为止，主编为何凡。

一九五九年（41 岁）第一部长篇小说《晓云》出版。

一九六〇年（42 岁）小说集《城南旧事》出版。

一九六三年（45 岁）离开《联合报》。主编“联副”十年，培植作家无数，是台湾为人称道、令人怀念的文学副刊。

一九六四年（46 岁）受聘担任台湾省教育厅儿童读物编辑小组第一任文学编辑，从此把笔头拓展至儿童文学。

《绿藻与咸蛋》英文版出版，由殷张兰熙翻译。

一九六五年（47 岁）辞去儿童读物编辑小组工作。

四月，应美国国务院邀请，赴美访问四个月。

自美返台经日本，访问出生地大阪回生医院。

出版第一本儿童读物《金桥》。

一九六六年（48 岁）出版《作客美国》。

一九六七年（49 岁）一月，创办《纯文学月刊》，担任发行人及主编。

一九六八年（50 岁）成立纯文学出版社。

一九七〇年（52 岁）加入“国立编译馆国小国语科编审委员会”，并主稿一、二年级“国语课本”，直至一九九六年，长达二十六年。

一九七一年（53 岁）六月，将办了五十四期的《纯文学月刊》交还学生书局（学生书局接办八期后，于一九七二年二月停刊），专心办纯文学出版社。

出版《中国竹》。

一九七二年(54 岁) 出版《窗》。

一九七六年(58 岁) 出版《两地》。

一九八二年(64 岁) 《城南旧事》被上海电影制片厂拍成电影,由吴贻弓导演,该片多次获得国际影展大奖。

出版《芸窗夜读》。

一九八四年(66 岁) 出版《剪影话文坛》。

一九八五年(67 岁) 《剪影话文坛》被台湾文化出版及学术界评选为一九八四年台湾最有影响力的十本书之一。

一九八七年(69 岁) 出版《家住书坊边:我的京味儿回忆录》。

一九八八年(70 岁) 八月,在首尔举办第五十二届国际笔会年会,台湾作家林海音、大陆作家萧乾及韩国作家许世旭,谈海峡两岸及韩国之间文化交流。

出版《一家之主》。

一九八九年(71 岁) 主编出版何凡六百万字作品《何凡文集》,共二十六卷。

一九九〇年(72 岁) 因主编《何凡文集》,获图书主编金鼎奖。

五月,随台湾出版界负责人访问团到中国大陆,为离开四十一年半后首度踏上北京。

一九九二年(74 岁) 《城南旧事》英文版出版,由齐邦媛、殷张兰熙翻译。

出版《隔着竹帘儿看见她》。

一九九三年（75 岁）　赴北京参加《当代台湾著名作家代表作大系》新书发表会。与冰心、萧乾同为此套书顾问，为两岸文学交流迈出一大步。

一九九四年（76 岁）　获得"世界华文作家协会"及"亚华作家文艺基金会"举办的第二届"向资深华文作家致敬"奖。

一九九五年（77 岁）　《城南旧事》绘图本出版（共三册），获《中国时报》开卷版最佳童书、《联合报》读书人年度最佳童书、金鼎奖推荐奖。

年底，结束一手创办的纯文学出版社。创社二十七年来，出版了四百余本书，为文坛留下了一批品质优异的出版品。

《城南旧事》日文版在日本出版，由杉野元子翻译。

一九九六年（78 岁）　出版《静静的听》。

一九九七年（79 岁）　浙江文艺出版社出版《林海音文集》（共五册）。

北京中国现代文学馆举办"林海音作品研讨会"。

《城南旧事》德文版在德国出版，译者为苏珊妮·赫恩芬柯。

一九九八年（80岁） 第三届“世界华文作家大会”颁赠“终身成就奖”。

一九九九年（81岁） 获颁第二届五四奖“文学贡献奖”。

《城南旧事》德文版获瑞士颁赠“蓝眼镜蛇奖”。

二〇〇〇年（82岁） 五月四日，“中国文艺协会”颁赠“荣誉文艺奖章”。

五月十六日，《林海音作品集》十二册，及《穿过林间的海音——林海音影像回忆录》出版。

十月，夏祖丽著《从城南走来——林海音传》由天下文化出版。

十月，《城南旧事》出版四十年，北京中国现代文学馆等学术单位，合办“林海音作品研讨会”。

二〇〇一年（83岁） 十二月一日于台北逝世。

二〇〇二年 十一月三十日、十二月一日由“国立文化资产保存研究中心”及“国立中央大学”联合主办，于“国家图书馆”举行“林海音及其同辈女作家学术研讨会”。